좀
비뚤어
지다

좀비뚤어지다

진저 장편소설

(주)자음과모음

차례

봄날의 오후치고 궂은 날씨였다. 비는 추적추적, 바람은 쌩쌩하게 불었다.

콰앙!

별안간 엄청난 굉음이 아스팔트 도로를 울렸다. 지금 생각해보면, 그건 그저 단순한 추락이 아니었다. 분명 세상이 두 쪽으로 쪼개어지는 소리였다. 지구의 축이 균형을 잃고서 45도쯤 기울어지는 소리였다. 사람들이 매일 힘들여 지켜왔던 것들이 모조리 파괴되는 소리였다. 또한, 그것은 소통을 잃고 비뚤어져만 가던 집들이 폭삭 무너져 내리는 소리였다.

"사람이 떨어졌다!"

"꺄아악!"

행인들이 비명을 지르기 시작했다. 길바닥에 떨어진 것은 한 여자였다. 그녀는 네모나고 편편하게 짠 보도블록 위에서 점자처럼 볼록 튀어나왔다. 몸은 인도와 차도의 경계선에 기다랗게 걸쳐지고, 오른쪽 다리는 270도로 꺾였다.

보랏빛 실크 원피스를 입은 여자. 딱딱한 보도블록에 정면으로 얼굴을 처박은 채 미동이 없었다. 엎드린 사지에서는 빨간 선혈이 기다란 뱀처럼 풀려나왔다.

사람들은 섣불리 그녀에게 가까이 가지 못했다. 혹시라도 신발에 피가 묻을까 꺼리는 기색이 역력했다.

"진짜 죽은 거래?"

도로 맞은편의 사람들도 발길을 멈추었다. 그러고는 휴대폰 카메라의 줌을 최대한 당겼다.

어떤 이들은 잿빛의 하늘을 올려다보기도 한다. 여자가 얼마만큼의 높이에서 떨어졌을까 가늠하기 위해서였다. 사거리 교차로에는 고급형 빌라들이 풍채도 당당하게 서 있다. 여자는 그 빌라들 중 한 곳에서 떨어졌다.

그때였다. 사람들의 웅성거림이 몇 배로 커졌다.

"세상에, 저 여자 살아 있어!"

"말도 안 돼. 저기서 떨어졌는데도 살았다니."

타닥, 탁.

여자가 두 손바닥으로 찬 바닥을 짚었다. 그러더니 마치 인형사가 조종하는 꼭두각시 인형마냥 관절을 마디마디 꺾으며 일어섰다. 어색한 몸짓이 갓 어미 소의 자궁에서 빠져나온 송아지와 닮았다. 하긴 비슷하다. 이제부터 그녀는 이 세상에 새로이 태어난 존재가 될 테니까.

일어선 직후, 여자는 황급히 한 발자국을 떼었다. 사람들의 눈이 휘둥그레졌다. 그들이 놀란 이유는 추락한 여자가 금방 자리를 털고 일어났기 때문만은 아니었다. 짧고 굵은 파마머리에 매우 작은 달걀형 얼굴. 피범벅임에도 불구하고 여자의 낯이 무척 익어서였다. 여자는 인기 중년 여배우, 연해린이었다. TV에도 주야장천 나오는 연기파 배우였다.

"연해린 아니야?"

"설마 호러 영화라도 찍는 건가?"

청년들은 몰래 카메라를 찾으며 두리번거렸다.

"캬아……."

연해린은 꺾인 오른쪽 다리를 흔들면서 앞으로 걸으려고 안간힘을 썼다. 육체의 아픔을 느끼지 못하는 모양이었다.

"괜찮으세요?"

한 아줌마가 비틀거리고 있는 그녀에게로 용기 있게 다가섰다.

비로소 연해린이 고개를 들었다.

자신에게로 다가오는 아줌마를 가만히 응시하는 그녀. 너무 많은 피를 뒤집어써서일까. 연해린의 눈에서 검은 눈동자가 사라지고 없었다. 실핏줄이 다발로 선 눈의 중앙이 새하얗다. 꼭 눈알을 통째로 빼낸 후에 흰 당구알을 끼워 넣은 것 같았다.

"연해린 씨 맞죠? 아유, 어서 빨리 병원으로……."

"크아악!"

아줌마의 말이 끝나기도 전에 연해린이 달려들었다. 그녀는 다짜고짜 아줌마의 목덜미를 물어뜯기 시작했다.

투두두둑.

목의 살점이 뜯겨져 나갔다. 아줌마의 목에 붉은 분수대가 생기면서 대량의 피가 쏟아져 나오기 시작했다.

"으으……."

아줌마는 그대로 고꾸라졌다.

연해린은 쓰러진 그녀에게 달려들어서 첩첩찹찹, 게걸스럽게 뜯어 먹기 시작했다. 공포영화에서나 보던 장면이 실제로 재현되었다.

"꺄아아악!"

시민들은 비명을 지르며 뿔뿔이 흩어졌다.

몇몇 구경꾼들은 연해린을 피해 달아나면서도 연신 휴대폰 카메라의 셔터를 눌러대었다. 대단한 구경거리를 놓칠세라 허겁지겁 사진을 찍었다. 하지만 연해린의 사진은 머지않아 흔해 빠진 사진이 되어버렸다. 한 파일을 연속해서 복사하고 붙여 넣기 한 듯, 똑같은 광경이 거리 곳곳에서 벌어지기 시작했기 때문이다.

유명 여배우의 추락과 부활. 그리고 살육의 광기.

그것은 2015년의 한반도를 핏빛 바다로 몰아넣은 시발점이 되고야 말았다.

녹슨 드럼통

꿀꺽.

미강은 성마른 침을 삼켰다. 손목시계도 흘깃 확인했다.

오후 6시 11분.

선발대 친구들이 돌아오기로 약속한 시간이 지났다. 남은 아이들은 좀이 쑤셔 죽을 판이다. 그들은 골목길 모퉁이의 커다란 녹슨 드럼통 뒤에 몸을 구겨 넣고서 오밀조밀 뭉쳐 있었다.

"씨발, 아직도야? 사람 환장하겠네."

성미 급한 대장이 분통을 터뜨렸다.

대장은 키가 삐죽이 크고 역삼각형의 얼굴을 가진 소년이었다. 꽉 찬 열아홉 살로, 여기서는 제일 연장자이다.

"그 새끼들 뭐하고 있나 가서 보자고. 이번에는 네가 앞장서."

그는 두께 5센티미터의 쇠파이프로 미강을 가리켰다.

"나 혼자?"

미강이 꿈쩍 놀랐다. 그러다가 초조한 손길로 덥수룩하게 자란 앞머리를 쓸어 넘겼다. 솔직히 무서웠다. 골목을 벗어나는 생각만 해도 가슴을 시커멓게 졸였다.

"레몬이랑 같이 가. 어차피 우리가 뒤에서 엄호해줄 거니까 쫄 거 없다고. 설마 못 하겠다는 건 아니겠지? 너희들도 밥값은 해야 할 거 아냐? 언제까지 우리 등쳐 먹고 살 건데?"

대장이 침을 튀기며 흥분했다.

"그래, 미강 오빠. 같이 가."

레몬이 조용히 미강의 옆구리로 붙었다.

*

열두 살 레몬. 그녀는 초등학생 여자아이였다. 탐스럽고 긴 머리카락에 동그란 눈동자가 귀여웠다. 특히나 과하게 통통한 볼이 사랑스러웠다. 그럼에도 전체적으로는 민숭민숭한 얼굴이라, 눈에 크게 띄지는 않는다. 오직 레몬이라는 이름만 특이하달까. 누구도 레몬의 본명을 들은 적이 없다. 아니, 레몬의 본명을 궁금해한 적이 없다.

남은 여섯 명의 아이들 중에서 제대로 이름을 밝힌 사람은 오직 미강과 현웅이, 단둘뿐이었다. 대장은 처음부터 대장이었고, 참모는 대장의 따까리 노릇을 하니 당연하게 참모로 불린다. 그리고 분도는 지능이 한 스푼 모자라기 때문에, 제 이름이 맞는지 확인할 길이 없었다.

현재로서는 이 여섯 아이들이 한 가족이었다. 혹은 가족이라는 이름을 억지로 갖다 붙인 가출 청소년의 무리, 라고 해야 가장 정확하다.

미강도 이 가출팸 멤버들과 이렇게까지 오래 살리라고는 기대하지 않았었다. 적당히 엉덩이를 비비적대고 있다가 곧 집으로 돌아갈 생각이었으니까.

미강이 가출을 한 건 약 6개월 전. 그리고 연해린이 펜트하우스 7층에서 뛰어내렸다가 다시 살아난 지는 5개월하고도 꼬박 열하루 전이었다.

그날, 세상이 발칵 뒤집혔다. 천지개벽을 해버렸다.

연해린 후, 사람들은 쉴 새 없이 죽어나갔다가 되살아났다. 되살아난 이들은 이내 인육을 탐하는 괴물로 재탄생했고, 세상은 그들을 '부활자' 혹은 '좀비'라고 부르기 시작했다.

이러한 경악할 만한 시체 부활 현상이 일어난 이유는?

모른다. 수많은 추측들만 난무했다. 정부와 언론, 하다못해 의학적 지식이 없는 일반인들조차 이 시체 부활 현상과 연관된 것이라면 뭐든 토론하고 분석하려고 들었다. 그러나 믿을 만한 사실들은 몇 가지뿐이었다. 자의든, 타의든 연해린이 7층 빌라에서 떨어졌다는 것. 다시 살아났다는 것. 그리고 사람들을 공격하고 뜯어 먹는 괴물이 되었다는 것. 가장 최악의 사실은, 부활한 사람에게 물린 사람들 또한 똑같은 절차를 밟아 인육을 뜯어 먹는 짐승으로 탈바꿈한다는 것. 고작 그 정도뿐이었다.

시간이 흐르면서 혼란은 커져만 갔다. 일단 감염자에게 물린 사람은 무조건 감염되었기 때문이다. 인간에서 괴물로 변하는 시간은 들쑥날쑥했다. 어떤 이는 단 몇 시간 만에, 또 다른 이는 괴물로 변화하는 데 일주일이 더 넘게 걸리기도 했다.

극한의 상황. 그 속에서 주목할 만한 정보가 하나 있었다. 연해린이 7층에서 몸을 던지기 직전, '하이'라는 흥분제를 50정 이상 입에 털어 넣었다는 사실이다.

그 때문이다.

흥분제 '하이'가 세간의 이목을 끌기 시작했다. 원래 '하이'는 클럽에서 암암리에 팔리던 마약으로, 엑스터시보다 약효가 느려서 인기가 없었다. 그럼에도 곧 이름 붙이기 좋아하는 사람들에 의해서 '하이'는 '플라이하이'라는 이름으로 재탄생되었다.

연해린을 플라이하게 만든 하이!

아마도 그런 의미였을지도. 어쨌든 발 빠른 삽화가나 작가들은 단순한 항정신성 마약류인 '플라이하이'를 자살과 육식 행위를 충동시키는 물질로 변질시켰다. 그들은 꼴까닥하기 직전까지 '플라이하이'에 굶주렸던 상상력을 마구 불어넣었다. 자극적인 콘텐츠를 무분별하게 창조해내었다.

대형 포털사이트의 검색어 순위에는 항상 '하이', '플라이하이', 'FH'라는 단어들이 랭크되었다. 세상에 존재하는 모든 소통의 창은 연일 '하이'의 병을 앓기 시작했다. 마치 연해린이 아니라, '하이'라는 무형의 콘텐츠 자체가 악성 감염 바이러스가 되어 퍼져나가는 듯했다. 그럼에도 '플라이하이'와 연해린의 악적인 부활과의 연관성은 밝혀지지 않았다. 소위 국내 최고 연구진들도 이 집단 살인 행각에 허둥거리기는 마찬가지였다.

박사들은 최고 순도의 '플라이하이'를 대량으로 구입한 후, 여러 조각으로 쪼개었다. 그 조각을 곱게 갈아서 플라스크에 올렸다. 최신 현미경 아래에 플라스크를 집어넣고 관찰했다. 때로는 실험용 쥐들에게 하이를 투여하고 기다렸다.

그러나 성과는 미미했다. 결국 식약청은 정확한 성분도 모르는 중국산 짝퉁 '하이'를 과다하게 복용하는 건 좋지 않다는 식으로 결론을 맺었다. 이제 와 하나 마나 한 경고가 되었지만.

그 틈에도 시간은 천연덕스럽게 흘러갔다.

병원은 환자들로 포화 상태가 되었다. 동시에 감염자들의 수는 기하급수적으로 늘어났다. 더는 어떤 방법도 쓸 수 없게 되자, 세상은 급속하게 추락하고 말았다. 그야말로 무법지대, 바야흐로 '좀비 시대'가 열려버린 것이다.

지금은 그렇다. 세상에서 좋은 것들은 사라지고, 나쁜 것들만 잔뜩 살아남았다. 노스트라다무스가 세상의 종말을 예고한 지가 언제던가. 어쩌면 이미 예고된 운명인지도 모른다. 그 종말의 시기와 모습이 살짝 달라진 것뿐. 운석 충돌 대신 좀비였고, 조금만 더 기다렸다면 좀비 대신 제3차 세계대전이 종말의 원인이 되었을지도 모르지만, 일단 현재의 문제점은 좀비였다.

새로운 패러다임. 그 속에서 미강은 아직 용케 살아남아 있다. 모두 대장 덕이었다. 그가 현명하게 움직인 덕택이었다. 실시간으로 올라오던 24시간 뉴스 채널이 끊긴 날이었던가. 아니면, 스마트폰이 통화 불가능한 먹통이 되어버린 날이었던가. 대장은 시기적절하게 선전포고를 내렸다.

"이상하지 않아? 세상이 뭣같이 돌아가잖아. 우리…… 숨어 지내자. 어차피 학교에 갈 필요도 없잖아. 그러니까 망할 학교들 다 문 닫을 때까지만 숨어 있자고, 오케이?"

그래서 그들은 꼬박 두 달을 옥탑방에서 버텼다. 실은 딱히 갈 곳도 없어서 방바닥에 드러누워 버린 것에 지나지 않았지만 말이다. 그 전에 아이들은 마지막 동전까지 탈탈 털어 생필품들을 구매했다. 그런 뒤 옥상으로 올라오는 철문을 잠그고, 방 두 개짜리 옥탑방 안에서 지지고 볶으며 숨바꼭질 놀이에 빠져들었다.

이 옥탑방의 주인은 대장이었다. 이곳은 대장이 알코올 중독 아버지와 단둘이 살던 곳이었다. 대장의 어머니는 갓난쟁이였던 대장을 놔두고 일찌감치 가출했다. 작년에는 아버지까지 말없이 사라져버렸다. 그리하여 옥탑방은 오롯이 대장의 소유가 되었다. 밀린 월세가 걸리긴 해도, 그의 집임은 틀림없다.

대장은 집 나간 아버지를 찾지 않았다. 대신, 가출한 십대들을 불러들였다. 사라진 가족은 심장에서 들어내어 구겨서 쓰레기통에 버리고 새로운 형태의 가족을 만든 것이다. 그는 다니던 고등학교도 자퇴해버렸다.

새 가족을 만드는 건, 식은 죽 먹기였다. 인터넷 카페나 스마트폰 메신저에 접속해서, 또래들에게 방을 제공하겠다는 글을 올리기만 하면 댓글이 날개 돋친 듯이 달렸다. 비뚤어진 아이들이 알아서 비뚤어진 집에 모이는 것이다.

새 가족을 만드는 일에 재미가 들린 대장은 한때 동거하는 패밀리 수를 열 명까지 늘린 적도 있었다. 아이들은 쉽게 들어오고, 쉽게 나갔다. 매일매일 가족의 수가 팬티 고무줄마냥 늘었다 줄었다 했다.

혹여 누군가 떠나버려도 그만이었다. 빈 가족 구성원들을 채우는 일은 풍선껌을 사는 일만큼 쉬웠다. 가출 친구들을 모아 놀다가 옥탑방에서 함께 비비적거린다. 그러다 한 사람이 나가면, 얼른 새 멤버를 구하면 된다. 가출팸의 공식은 덧셈과 뺄셈이었다. 오갈데 없는 십대 아이들이야 뭐…… 부지기수니까.

대장은 좀비 사태가 벌어진 것에 대해서 은근히 기뻐했다. 왜냐하면 그 바람에 주인 할머니가 옥탑방의 월세를 받으러 오지 않았기 때문이다. 그에게는 한 달 월세를 밀리지 않게 내는 일이 하루아침에 동족을 잡아먹는 신인류가 등장한 일보다도 훨씬 더 중요했다. 대장이 지켜야 할 세계는 옥탑방의 방 두 칸뿐.

한반도가 전쟁터로 변하든 말든, 별로 상관할 바가 아니다. 어쨌든 세상은 원래 아이들의 것도 아니지 않은가. 그들은 라면 몇 박스와 쌀 두 포대로 버틸 만큼 버텼다. 물은 그냥 수돗물을 받아먹었다. 새대가리들만 모인 건 아닌지라, 혹여 수돗물이 끊길까 봐 물탱크에 물을 가득 채워놓는 수고는 기울여주었다. 심심하면 다들 짠 듯이 계속 잠만 잤다. 그러다 어둠이 오면 옥상에 서서 아래 세상을 구경했다.

세상은 확실히 비틀어졌다. 24시간 내내 화재, 사이렌 소리, 사람들과 짐승들의 비명 소리가 끊임없이 들려왔다. 도심 한복판에서 총포가 울리기도 했다.

그래도 꿋꿋하게 무시했다. 그들은 귀를 틀어막으며 담요 속으로 기어들어갔다. 자신들과는 상관없는 일이라며 도피했다.

일이…… 그런 식으로 흘러간 거다. 옥탑방 아이들도 간혹 진짜 가족들의 생사가 궁금해질 때가 있었다. 그러나 누구도 원래의 가족을 찾으러 나가겠다는 말은 하지 않았다. 그럴 용기가 없었다. 제 발로 가출한 그들로서는 새 가족의 룰을 따르는 쪽이 오히려 더 편했다. 그래서 진짜 가족들을 생각하는 일을 넌지시 미루었다. 생이별한 가족들이 어떻게 되었냐고? 그건 오직 하늘만이 알 수 있는 일. 그러니까 하늘에 맡겨버렸다.

평화는 짧았다. 하루아침에 쌀도 라면도 톡 떨어져버렸다. 아이들은 하는 수 없이 옥상 문을 스스로 열고 나서야 했다. 외출의 목적은 최소한의 식량과 생필품을 확보하는 것. 거리 곳곳을 배회하는 좀비들의 눈을 피해서 식량을 찾아다니는 일이 그들에게 새로 주어진 임무였다.

그 임무는 때론 허무하게 쉽고, 때론 죽을 만큼 힘들었다. 그래도 나갈 수밖에는 없다. 종말의 세계에서는 굶어 죽거나, 좀비에게 비참하게 뜯어 먹혀 죽거나, 아니면 거꾸로 좀비가 되어 뭔가를 뜯어 먹다 죽는 것. 단 세 개의 선택밖에 남아 있지 않게 되었으니까.

옥상의 문을 연 후, 대장은 수시로 외출을 감행했다. 아이들은 세 번째 생필품 사냥에서 보림이와 은희를 한꺼번에 잃었다. 열다섯 살의 여자아이들. 그들은 수다쟁이에다 걸음이 느렸다. 여덟 명이던 가족은 두 여자애들을 잃고 여섯 명으로 줄었다.

눈앞에서 친구를 잃은 충격이 아이들을 집어삼켰다. 자신들도 1초 뒤에 죽을지도 모른다는 공포감과 좌절감, 생생한 현실감! 그들은 비로소 실감했다. 뚜벅뚜벅, 죽음이 어깨를 당당히 펴고서 삶 속으로 걸어 들어왔음을.

그렇다고 위태로운 사냥을 그만둘 순 없다. 쓴맛이 나는 수돗물만으로는 굶주린 위장을 채우는 게 불가능하다. 그 수돗물에서도 얼마 전부터 녹차라떼 같은 녹물이 나오기 시작한 터였다. 옥상은 도피처로서의 기능을 빛의 속도로 상실해가고 있었다.

사냥에 익숙해질 즈음, 그들은 다른 가출팸 무리와도 마주쳤다. 자칭 문어파. 열여덟 살인 문어를 중심으로 모인 무리로, 수가 열 명쯤 되었다. 미강 무리가 실제로 만난 건 대장 격인 문어와 서너 명의 아이들뿐. 문어파에는 어린아이들이 많아서 항상 큰 아이들 몇 명만이 소수 정예로 사냥을 나온다고 했다.

문어가 윙크를 찡긋 날렸다.

"형, 우리랑 같이 살래? 살기에는 우리 동네가 더 나아. 여자애들도 많고."

"아니. 우린 우리 식대로 해."

대장은 문어의 제안을 즉시 거절했다. 미강도 대장의 의견에 찬성이었다. 식량 문제뿐만 아니라 자잘한 생활 문제들로 갈등이 생길 게 뻔했기 때문이다. 기존의 무리에 전학생이 섞이기가 얼마나 어려운가. 학교를 다녀봤으면 잘 알 거다. 억지로 뭉쳐봐야 어차피 따로국밥이 될 거라는 걸 말이다. 제각각 다른 체취가 나는 아이들. 그들을 한 교실로 몰아넣고 협동심만 강조하는 건, 사춘기의 특성을 철저히 무시한 발상이었다. 미쳐 발광하는 젊은 세포들이 한데 모이면 오죽하겠는가. 겉으로는 뭉치는 듯해도, 속은 불협화음의 전쟁터다. 뭉치고, 헐뜯고, 다시 쪼개진다. 그 일련의 과정이 무한으로 반복되었다. 적어도 미강이 아는 학교는 그런 곳이다.

인간은 현재 상태를 지속하려는 습성이 있다. 아이들도 마찬가지였다. 겨우 익숙해진 편안함을 버리기가 싫었다. 새로운 무리에 적응하기 위해 깨뜨려야 할 어색함이 싫었다. 대장파를 떠나 문어파로 갔다가, 이도 저도 아니게 붕 뜰까 봐. 그 점이 제일 두려웠다.

문어파는 팔정동에 살고 있다. 다만, 사냥 때는 옥탑방이 있는 상용동도 방문했다. 그래서 두 무리가 사냥 중에 이따금씩 마주칠 때도 있었다. 쇼핑몰, 마트, 백화점, 지하상가, 슈퍼, 번화가. 아이들이 식량을 구하려고 헤매는 곳들은 원래부터 학교를 빼먹고 돌아다니던 그 장소들이었다.

대장과 문어가 두 번째로 마주쳤던 날, 문어가 깔깔거리며 웃었다.

"또 만났네? 여기…… 완전히 우리 땅인 것 같잖아?"

그러고 보면 요즘 눈에 띄는 건 아이들뿐이었다. 어른들은 죄다 죽거나 도망갔다. 어딘가 쥐새끼들처럼 숨어 지내는 어른들도 있겠지만. 눈앞에 보이지 않으면 존재하지 않는 거나 마찬가지였다. 대장도 문어의 말에 흥분하기 시작했다. 여드름 껍질 아래서 아드레날린이 급물살을 타며 용솟음쳤다.

"좋아. 앞으로 이 동네를 19금 구역이라 부르겠어."

"19금? 푸핫."

문어가 웃음을 토해내었다. 불순한 장면부터 떠오른 모양이었다.

"미성년자 관람 불가 19금이 아니고. 미성년자 외에는 출입 금지의 19금, 어때?"

나름 진지한 대장. 대단한 발상도 아니다. 그저 옥탑방의 실제 주소인 상용동 19번지의 번지수를 땄을 테니까. 그럼에도 아이들에게는 꽤 그럴듯하게 들렸다.

열아홉 살까지만? 그럼, 스무 살이 되면? 에라, 모르겠다. 속으로 계산하던 미강은 넌더리를 내고 말았다. 까다롭게 굴 필요는 없다. 그들이 주먹에 쥔 희망은 딱 한 줌이었다.

*

그리하여 미강은 현재 19구역의 한 골목에 서 있다. 불안하게 눈동자를 굴리면서. 대장이 위협하듯 듬성듬성한 눈썹을 치켜 올렸다.

"소리 내지 않도록 조심하고. 식량이 떨어졌으니까 뭐라도 들고 오면 좋겠지만…… 아, 그래도 사이렌이 울리기 전까지는 와야 해. 사이렌이 울리면 어떻게 되는지 알지? 서로 헤어지더라도 최소한 일곱 시 반까지는 반환점으로 돌아와. 현웅이랑 난 무조건 일곱 시 반에 뜰 거야. 시간 못 맞추겠거든 아무 데나 짱 박혀 있다 새벽에 기어들어오고. 규칙 지켜."

장황한 설명을 늘어놓는 대장. 미강은 착하게 고개를 끄덕였다. 대장 말을 새겨들어야만 했다. 그는 사냥에 능한 데다 좀비들의 습성에 빠삭하다. 성격이 제멋대로이긴 해도 대장은 믿음직했다. 대장이 반환점이라 부른 건, 녹슨 드럼통이었다. 그들은 길가에 굴러다니는 드럼통들을 가져와 옥탑방 건물 입구 앞에 쌓아두었다. 입구를 막을 겸 바리케이드를 친 것이다. 드럼통들은 골목 안의 연탄구이 집에서 주운 것들이었다. 그렇다 보니 드럼통 근처에만 가면 콧구멍이 저절로 벌렁거렸다. 탄 냄새가 진동을 하였기 때문이다. 생살이 꾸적꾸적 눌어 붙은 냄새 말이다. 그 고깃살이 인간의 생살이 아니라 죽은 돼지의 살이라는 게 위안을 주긴 해도, 아무튼 냄새가 아주 고약했다.

"아! 내가 수백 번도 더 얘기했지? 그놈들 나타나면 망설이지 말고 휘둘러. 연습한 대로 여기를 정확하게 치라고. 특히 미강이 년, 잘하다가도 마음이 약해지는 게 문제야."

대장은 주먹을 쥐고서 자신의 머리통을 툭툭 쳤다.

반동 작용일까. 길쭉한 쇠파이프를 든 미강의 손목에도 저절로 힘이 들어갔다. 반복되는 사냥 덕분에 레몬을 제외하고는 다들 좀비를 처치한 경험이 있었다. 한때 인간이었던 짐승들의 몸에서 썩은 살점이 튀는 모습을 보았을 때, 미강은 꿈쩍도 하지 못했었다. 좀비와 맞서면 잘할 수 있을 것 같았건만. 상상은 항상 상상으로만 그치는 법.

좀비들을 몇 번 죽여 보았다. 그러나 미강은 아직 미숙했다. 본인도 사냥에 소질이 없다는 걸 알고 있다. 감히 좀비와 맞서겠다는 용기 따윈 애초에 개나 줘버렸다. 이제껏 사냥은 대장과 참모가 거의 도맡아 했었다. 미강은 겁을 집어먹고 뒤에서 따라만 다녔지, 사냥에서 실질적인 역할을 한 적이 없다. 그런데 이제 미강이 선두로 나설 차례가 온 것이다.

"난 미강 오빠가 제일 좋아. 내 말을 잘 들어주니까. 다른 오빠들은 나를 무시해, 쳇."

그렇게 말하면서 레몬은 미강을 졸졸 따라다녔다. 먹을 때도, 놀

때도, 잘 때도. 레몬은 항상 미강의 곁에서 작은 새끼 고양이마냥 뭉그적거렸다.

솔직히 미강은 레몬이 귀찮았다. 오늘도 그렇다. 사냥에 레몬이 끼어 봐야 도움이 될 리 없다. 레몬과 미강 둘이서 선두에 선다는 얘기는 곧, 미강이 레몬을 대신해서 두 배로 발 빠르게 움직여 줘야 한다는 말과도 같다.

그래서 미강은 레몬을 노려보며 경고했다.

"레몬, 무기 들었지? 정신 똑바로 차려. 자꾸 미적거리면 버리고 나 혼자 튈 거다."

"오빠가 그럴 리 없잖아. 그리고 난 하나도 안 무서워. 좀비 하나쯤은 나도 거뜬히 죽일 수 있다고."

헤벌쭉 웃는 레몬. 미강은 무한긍정인 그녀의 태도에 어이가 없었다.

'난 정말로 너를 버릴 수 있어, 레몬. 알아? 내 목숨 지키기도 벅차. 그리고 우린 진짜 피가 섞인 가족도 아니잖아. 넌 내 여동생이 아니야. 그러니까 내가 너를 보살필 책임도 없다고. 하다못해 지안이도 버린 마당에……. 너도 어서 성장해!'

미강은 굳이 속말을 입 밖으로 꺼내지는 않았다. 그저 레몬도 알아서 현실을 깨닫기만 바랄 뿐이었다. 되도록 빨리.

핑크가 좋아

"둘 다 조심해."

현웅의 걱정 서린 말을 뒤로하고, 미강과 레몬이 출발했다. 총총걸음으로 골목을 빠져나오는 두 사람. 방금 전까지 그들이 발을 디뎠던 좁고 더러운 골목의 끝이 바로 출발점이자 도착 지점이었다. 골목 모퉁이에 옥탑방이 있는 5층 건물이 있다. 고로, 사냥을 할 때마다 그들은 그 출발선에 서게 된다. 그 출발선에서 4차선 도로가 나오는 지점까지의 거리는 불과 100여 미터였다.

미강은 쇠파이프를 귓바퀴에 바짝 붙였다. 그러곤 조심조심 한 걸음씩 떼었다. 흘깃 뒤를 보니, 약속대로 대장과 현웅이 그들의 뒤를 따라오고 있었다. 안도감도 잠시. 빈 대로를 보자 긴장감이 두 배로 치솟았다. 레몬이 슬금슬금 미강을 따라왔다. 그녀는 당장이라도 미강의 소맷부리를 잡고 늘어지고 싶은 표정이었다.

1차선을 꾹꾹 밟아나가는 미강과 레몬. 미강은 불현듯 대장을 돌아보며 손가락 두 개를 둥글렸다. 전방에 배회하고 있는 좀비들이 없다는 오케이 사인이었다.

그들이 사는 동네는 오래된 주택촌이다. 그래서 시끌시끌한 번화가와는 분위기가 백팔십도 달랐다. 유독 인적이 드물었다. 그래서 대장의 옥탑방 월세도 턱없이 쌌겠지만.

"휴우……."

1, 2, 3차선을 지나 막 4차선에 선 미강의 입에서 절로 한숨이 나왔다. 거리는 한산했다. 여기저기에 잿더미가 된 자동차들과 나자빠져 있는 시체와 잔해들을 제외하면. 그러나 그건 별 문제가 아니었다. 또한 도로 위로 차가 튀어나올까 봐 주의할 필요도 없다.

이제 아이들의 안전을 위협하는 대상은 하나다. 인두겁을 뒤집어쓴 짐승들. 살아서 숨 쉬는 그것들만 상대하면 된다.

"오빠, 저기 봐."

레몬이 손을 쭉 뻗었다. 그녀가 가리킨 곳은 맞은편의 가게였다. 한 건물 1층의 24시간 편의점이었다.

무심코 소녀의 비쩍 마른 손을 따라가는 미강이 화들짝 놀랐다.

사라졌던 두 친구들이 보였기 때문이다. 사람 그림자가 편의점의 통유리 안에서 아른거렸다. 분명 참모와 분도였다. 왔다 갔다 하는 파란색 아웃도어 잠바는 참모의 것이고, 그 옆의 체크무늬 후드 점퍼는 분도의 것이다. 지겹도록 본 옷들이다. 착각하고 말고도 없었다.

'왜 편의점에서 꾸물대는 거야? 저긴 먼지까지 탈탈 털어놓고서.'

미강은 미련한 친구들의 행동에 화가 치솟았다. 코 닿는 거리에 위치한 편의점. 굶주린 그들이 가장 먼저 사냥을 한 장소였다. 하물며 사냥 때마다 잠시라도 들러 가는 곳이기도 했다. 모조리 쓸어간 뒤라, 편의점에는 이렇다 할 물건이 남아 있지 않았다.

미강은 어깨너머로 대장에게 급한 손짓을 날렸다. 그러고선 곧장 4차선 도로를 무단 횡단하기 시작했다. 갈수록 발에 속도가 붙었다. 미강은 한달음에 달려 나갔고, 레몬 역시 종종거리며 필사적으로 그 뒤를 따랐다.

마침내 미강이 편의점 입구에 도착해 손잡이를 잡아당겼다. 그런데 문이 꿈쩍도 하지 않았다. 안에서 문을 걸어 잠근 것이다.

탕탕, 놀란 미강이 유리문을 주먹으로 쳤다.

"야!"

뭔가 이상했다. 가게 안의 남자아이들은 친구를 보고서도 문을 열어주려 하지 않았다. 참모의 낯빛이 파리했다. 뒤편의 분도도 발만 동동거리고만 있었다.

"빨리 문 열어!"

미강의 목소리는 점점 높아졌다.

참모가 쭈뼛쭈뼛 문으로 다가왔다. 그러다 또 꾸물거리고 서 있었다. 문을 열어줄 생각은 하지 않고서 화살코를 유리창에 턱 붙였다. 밖의 동태부터 살폈다. 답답한 그의 행동거지에 미강은 열불이 터졌다.

"빨리 열라니까."

어느 순간, 레몬이 비명을 꽥 질렀다.

"오빠! 저기……."

뒤를 돌아보던 미강의 얼굴도 하얗게 질려간다. 텅 비었던 도로에 우후죽순 생겨나는 사람들. 아니, 좀비들. 그들은 장기판 위에 올린 장기들처럼 하나 둘, 나타나서 거리를 횡단하기 시작한 것이다. 눈대중으로 세어도 그 수가 다섯이 훌쩍 넘어갔다.

"카르르르!"

불과 50미터 밖에서 고막을 후벼 파는 비명 소리가 들려왔다. 마치 '너를 산 채로 뜯어 먹을 테다!'라고 말하는 듯했다.

좀비들의 괴성을 들으면, 미강은 씹던 껌이 구두 밑창에 들러붙은 것만큼이나 시무룩해졌다. 이젠 익숙해질 때도 되었건만, 언제 들어도 기분이 더러워진다.

"개새끼들아! 우릴 다 죽일 셈이야?"

미강이 욕을 퍼부으며 발로 유리문을 걷어찼다. 급한 마음에 어깨너머로 대장을 찾아보는 미강. 웬걸, 대장과 현웅이도 사라졌다. 코빼기도 보이지 않았다. 상황이 요상하게 돌아가는 걸 본 대장이 바로 골목 안쪽으로 후퇴한 것이다.

'괜히 뛰었어! 천천히 걸을 걸……'

후회막심이었다. 주변에 아무도 없다고 생각한 건 완전한 오판이었다. 친구들을 보고 흥분해서 그만 시끄럽게 발소리를 내면서 뛰었다. 망자들의 귀와 코가 민감하다는 걸 간과하고서 말이다. 미강과 레몬의 시끄러운 발소리와 목소리가, 근처 블록에서 서성이던 망자들을 한꺼번에 불러들인 것이다.

찰칵.

드디어 유리문이 열리고 미강과 레몬이 후다닥 뛰어 들어갔다.

참모는 재빨랐다. 친구들이 들어오기가 무섭게 문을 굳세게 닫아걸었다.

속이 부글부글해진 미강은 참모의 빤질빤질한 면상에 주먹부터 날리고 싶은 마음이었다.

"너 일부러 그런 거냐? 레몬이랑 나는 뒈져도 된다, 이 말이지?"

"그런 게 아니고, 사실은……."

참모는 독사같이 달려드는 미강을 피해 멀찍이 달아났다.

파란색 점퍼를 입고 더벅하게 머리를 기른 참모. 그는 키가 작고 왜소한 남자애다. 작고 동그란 명태 눈알에 뾰족한 화살코가 특징이다. 참모는 대장에게 쓸개라도 빼줄 듯 간신배처럼 굴었다. 만만하지만, 함부로 얕보기도 힘든 존재랄까. 참모가 입을 얄랑거리면 누구든 순식간에 대장의 눈 밖에 나기 십상이었다.

분노의 게이지가 미강의 정수리 끝까지 올랐다. 이번만은 참모의 얄미운 행태를 그냥 넘길 수가 없었다.

"글쎄 이 새끼가 갑자기 똥이 마렵다잖아. 그래서 화장실 좀 쓰려고 들렀는데, 하필 좀비 새끼들이 나타나서 숨은 거라고. 일부러 그런 거 아니니까 화 좀 풀어."

참모가 부득불 억울함을 토해내었다. 미강은 그에게서 시선을 홱 거두었다. 대신, 두 손을 비비고 있는 소년에게 질문을 던졌다.

"참모 말이 사실이야, 분도?"

"미안해. 갑자기 설사가 주르륵해서……."

희고 둥글넓적한 분도의 얼굴에 곤혹스러움이 가득했다. 미강의 화도 차츰 누그러졌다. 약삭빠른 참모라면 모를까, 분도는 애당초 거짓말을 할 줄 모르는 아이였다. 이 오합지졸 무리에서 가장 신뢰감이 가는 친구를 뽑으라면, 미강은 단연코 분도의 손을 들어줄 거다. 분도는 얼굴이 넙데데하고 지능은 조금 떨어졌지만 마음이 고왔다. 거짓말을 할 줄도 몰랐다. 어쩌다 그가 옥탑방까지 굴러 들어오게 되었는지는 미스터리다. 그는 학교에서 줄곧 이어진 왕따 때문에 가출을 했다고 했다. 그러나 옥탑방에 들어온 뒤에도 그는 계속 놀림감으로 취급당하고 있다. 바뀐 집과 세상 역시 그의 세상은 아니었다. 분도의 나날은 변함이 없다. 그를 놀릴 또래들이 살아 있는 한.

솔직히 미강은 대장이 분도를 내치지 않은 것만 해도 놀라운 일이라고 여겼다. 대장은 분도를 철저히 무시했다. 분도를 동등한 친구가 아니라 식량을 축내는 돼지쯤으로 생각한다. 그래도 분도는 키가 제법 크고 힘이 세다. 좀비들과의 전투에는 도움이 되리라. 때때로 미강은 걱정이 되기도 했다. 대장이 언젠가는 분도를 사냥의 미끼로 쓰지는 않을까 하고.

퉁퉁!

두세 명의 좀비들이 유리문에 몸을 부딪혀왔다. 아이들의 말소리에 식욕이 한껏 발동한 모양이었다.

"쉿."

미강과 참모는 사이좋게 검지를 입에 갖다 붙였다. 주위가 잠잠해지면 그것들이 물러나리라. 죽으란 법은 없다더니. 그나마 좀비들의 시력이 좋지 못하다는 건 천만다행한 일이다. 그들의 눈은 허옇다. 하나같이 까만 동공 위로 하얀 비닐을 덧씌운 듯했다. 집

단적으로 백내장에 걸린 환자들 같기도 하고.

째깍째깍.

시간이 물처럼 흘러갔다. 편의점 안에는 네 명의 아이들이 숨을 죽이고 있다. 편의점 문밖에는 좀비들이 붙어서 있다. 유리문 하나를 두고서 두 팀이 대치하는 형세다.

'하암, 빨리 좀 가버려!'

하품이 나오는 찰나, 좀비들이 유리문에 붙인 손바닥을 떼면서 스르르 몸을 돌렸다.

"휴우······."

레몬의 입술이 벌어지며 호흡이 삐져나왔다. 순간, 참모가 황급히 레몬에게 눈짓을 주었다. 그는 눈알을 희번덕거리는 데다 고개도 세차게 저었다. 놀란 미강이 대체 무슨 일이냐고 묻는 표정을 던졌다. 얼른 참모가 뾰족한 턱으로 입구를 가리켰다. 다시금 입구로 시선을 돌리던 미강은 소스라치게 놀라고 말았다.

유리문에 붙어 있던 좀비들은 사라졌다. 한 소년을 제외하고는 말이다. 거리에서 오래 구른 듯 해진 티셔츠와 청바지. 통째로 뜯겨져나가 너덜거리고 있는 볼의 피부와 꼬챙이만큼 삐쩍 마른 팔다리까지. 산 사람의 몰골은 아닌데도, 뭔가 전형적인 좀비와는 색 달라 보였다.

무엇보다 보통의 감염자들과는 확연히 다른 점이 한 가지 있었다. 눈동자가 핑크색이라는 것! 칙칙한 핑크가 아니다. 그의 눈동자는 만개한 벚꽃 잎처럼 은은하게 빛나다가도, 초점을 한곳으로 집중시키면 붉은 기가 발끈 달아올랐다. 핫 핑크 빛깔이었다.

'눈동자가 살아 있어. 어떻게 저럴 수가 있지?'

모두들 머릿속으로 같은 질문을 던지고 있었다. 좀비들의 눈은 텅 비어서 하얗다. 따라서 그들은 앞을 보지 못한다. 그것이 세상 사람들이 좀비들에게 내린 공식이었다. 그런데 그 공식을 과감히 깨어버리는 존재가 나타난 것이다. 마른하늘에 날벼락도 유분수지…….

목석처럼 서 있던 소년이 사사삭 움직였다. 그는 유리문에 두 손바닥과 얼굴을 완전히 밀착시켰다. 그러고는 반쯤 뽑혀 나간 이빨로 유리문을 갉아대기 시작했다.

까드득. 까드득.

기괴한 소음에 미강의 팔에 소름이 오소소 돋아났다. 좀비 소년은 문을 알사탕처럼 갉아댔다. 과자로 만든 집을 발견하고 신이 나서 유리문을 뜯어 먹는 헨젤이라도 된 듯 행동하는 소년. 유리문에 걸쭉한 침들이 묻으며 일그러진 얼룩을 만들었다.

진피처럼 붉은 소년의 동공이 두꺼운 유리문을 꿰뚫었다. 핑크 빛은 미강의 까만 동공에까지 도달했다. 미강은 또다시 흠칫했다. 그것은 맹수의 시선이었다. 더도 덜도 말고, 정글에서 며칠을 굶주리며 헤매고 다니다가 야들야들한 살을 가진 아기 사슴 무리를 발견하고야만. 소년의 붉은 동공은 미칠 듯이 기뻐하고 있었다. 굶주린 배를 채우리라고 기대하는 게다.

'보여. 저 녀석, 우리가 보이는 거야!'

미강은 속으로 비명을 지르면서도 믿을 수가 없었다.

"또 왔잖아. 끈질긴 자식 같으니……."

참모가 욕지기를 늘어놓았다. 목소리를 죽여도 바깥에 선 소년에게는 소용이 없음을 아는 눈치였다.

"저건 뭐야?"

미강의 목소리가 떨려나왔다.

"낸들 어떻게 알아. 우리가 여기에 짱 박혔던 것도 저 자식 때문이야. 저 새끼가 잊을 만하면 돌아와서 혼을 쑥 빼놓더라고."

까드득. 까드득.

붉은 눈의 소년이 다시 유리문을 갉아대었다. 참모의 말에 맞장구를 치듯.

"우리 보는 거 맞지?"

"그런 것 같아. 내가 가는 방향으로 시선이 따라오더라고."

"저 눈!"

분도가 몸서리를 치며 손가락질을 했다. 유리문 너머의 진한 핑크빛 눈을 향해서. 모자란 분도조차도 붉은 눈의 소년에게서 엄청

난 공포감을 느낀 듯했다.

"혹시 전에 들어본 적 있어? 핑크색 눈을 가진 감염자도 있다는 말?"

미강이 묻자 참모가 도리질을 했다. 레몬도 덩달아 고개를 저었다.

"돌연변이가 아닐까?"

조심스럽게 중얼거리는 참모.

"말도 안 돼! 좀비가 나타난 지 고작 6개월도 안 됐어. 그런데 벌써 돌연변이가 생겨? 쟤가 특별한 거라고. 아, 서클렌즈라도 낀 채로 뒈진 게 아닐까?"

미강이 즉각 반론을 제기했다.

"핑크색 서클렌즈 끼면 좀비도 눈이 보인데? 너야말로 말이 되는 소릴 해라."

참모도 발끈해서 미강을 윽박질렀다.

'돌연변이라니. 나쁜 것만 가득한 세상에 더 나쁜 게 생겨났잖아! 제기랄.'

미강은 기가 턱턱 찼다.

"내가 보기엔 돌연변이가 맞아. 감염 바이러스에 다른 질환이 합쳐졌다거나 했을지도 몰라. 똑같은 좀비인데 시력만 살아남았다던가."

참모는 자신의 의견을 굽히지 않았다. 골치가 지끈지끈해진 미강이 손가락으로 관자놀이를 눌렀다. 둘이서 아무리 토론해봐야 결론이 날 리가 없다.

"골 아프니까 그만해. 일단은 여길 빠져나갈 방법만 생각하자. 식량이고 뭐고 다 졌어. 대장이 문 잠그기 전에 집에나 돌아가 자고. 통금시간에 맞추려면 서둘러야 해."

미강이 카운터 벽의 시계를 초조하게 올려다보았다.

"오빠, 뒷문으로 나가면 되잖아……."

레몬이 툭 끼어들었다. 이 편의점은 이미 뻔질나게 들락거린 장소였다. 구조도 원체 간단했다. 가게로 쓰는 큰 사무실과 물품 창고로 쓰는 작은 사무실. 그 작은 사무실 안에 복도로 나가는 문이 있다.

"지금 나가자."

참모의 결정은 빨랐다. 핑크보이를 정면으로 뚫고 나가는 것보다는 반대편으로 나가는 편이 수월한 게다. 결국 미강과 레몬, 분도까지 참모의 등 뒤로 주르륵 섰다.

"아씨, 왜 또 내가 선두야?"

참모가 투덜거렸다. 그러나 죄다 못 들은 척. 아무도 참모의 앞을 추월하지 않았다.

저녁나절. 불이 꺼진 상가는 어둠과 침묵의 종합세트였다.

자박자박, 터덜터덜, 총총총, 드드드드.

제각각의 발소리가 복도의 침묵을 깨뜨려 나갔다.

"보여? 상가 뒷문으로 그대로 나가면 되겠는데?"

참모가 소곤거리며 저 멀리 희미한 빛이 들어오는 문을 가리켰다. 모두들 빠른 걸음으로 걷기 시작했다. 상가 정문의 셔터가 내려진 건 천만다행이었다. 핑크보이가 편의점 유리창에 붙어 있다면, 그래서 출구만 한산하다면 무사히 빠져나갈 수 있다.

불이 꺼진 상가 복도는 어둡고 쓸쓸했다. 거대한 고래 뱃속을 걸어가는 기분이었다. 레몬은 미강의 팔을 수시로 잡아당겼다. 그때마다 미강의 등에 삐죽하게 소름이 돋았다.

딸칵.

귀를 찌르는 소음. 귓바퀴에 닿기도 전에 사라질 만큼 작은 소리였다. 분도가 눈을 둥그렇게 뜨고서 고개를 옆으로 돌렸다. 소리가 들린 쪽은 발 디딜 틈 없이 엉망이 된 1층의 문방구였다.

"그냥 지나치자."

미강이 그 말을 하자마자, 탕, 더 큰 소음이 들렸다. 모두들 놀라서 무기를 치켜들었다.

"안 되겠어. 해치우고 가자. 우리는 네 명이잖아. 잔챙이 한 마리야 거뜬하지……."

참모가 말하지 않아도 미강이 발걸음을 돌린 참이었다.

'쓸 만한 게 뭐라도 있을지 몰라. 장기판이나 카드게임이라도

구할 수 있다면 좋을 텐데.'

문득 문방구를 돌아볼 의욕이 생겼기 때문이다. 아이들은 차례 차례 문방구 안으로 들어갔다. 중간을 가로지른 진열대 때문에 참모는 오른쪽으로, 미강은 왼쪽으로 갈라졌다. 미강은 쇠파이프를 꽉 잡고서 휘두를 준비를 했다. 거짓말 살짝 보태서, 좀비들의 머리는 굳힌 두부나 다름없다. 머리통만 잘 가격하면 일격에 죽일 수 있다.

"아무것도 없는 것 같…… 끄아악!"

말을 하다 말고 참모가 비명을 꽥 터뜨렸다. 미강이 헐레벌떡 뛰어 진열대를 돌아갔다.

"살려주세요!"

곧이어 계산대 아래에서 흐느끼는 듯한 여자의 목소리가 들렸다. 미강이 치켜든 쇠파이프를 스르륵 내려놓았다.

"…… 엄마?"

"쉿! 유림아, 가만히 있어!"

칭얼대기 시작하는 여자아이의 입을 황급히 틀어막는 여자. 30대 중반의 깡마른 여자였다. 그녀는 혼자가 아니었다. 품에는 열 살 남짓한 여자아이를 안고 있었다. 그 옆에 30대 여자가 한 명 더 있었다. 하나같이 피골이 상접한 꼴이 꼭 걸어 다니는 해골들 같았다. 오랫동안 영양 섭취를 못한 티가 났다.

"누구세요?"

참모가 침착하게 물었다.

그제야 여자는 안심한 기색으로 대답했다.

"우린 아침에 식량을 찾으러 나왔다가…… 여기 갇혀 버렸어."

슈 스트링

여자들은 자신들의 사정을 이야기하기 시작했다. 두 여자는 자매로, 언니 쪽이 어린 여자애의 엄마였다. 그들의 집은 이 근방의 아파트였다. 좀비사태가 발생하고 나서도 본인의 아파트에서 계속 살아온 그들. 목숨은 연명했지만 극도로 소극적인 삶을 살고 있었다. 먹을 것을 찾기 위해서는 꼭 일주일에 한 번씩만 외출하고, 그 외에는 줄곧 숨어 지낸다고 했다.

"세 사람뿐인가요?"

"우리뿐이야. 남편과 부모님은 죽었어."

무덤덤한 여자의 말투. 이제 가족의 죽음은 말라비틀어진 정보 한 조각에 지나지 않았다. 비록 볼품없이 깡말랐음에도 여자의 눈빛만은 매서웠다. 어떻게든 살아서 딸아이를 지킨다는, 새로운 임무에만 집착하고 있는 게다.

미강도 이해할 수 있었다. 왜 아줌마가 이 동네를 떠나지 못했는지를. 발이 느린 어린애를 데리고서는 멀리 가기가 힘들 터. 딸은 그녀의 삶의 이유이자, 행동을 제한하는 족쇄이기도 했을 게다. 놔둘 수도 없고, 버릴 수도 없는 애물단지. 부모에게 아이의 존재란 그런 것이다.

"식겁했어. 눈이 보이는 좀비들 때문에……."

"아줌마도 봤어요?"

미강이 놀라 물으니, 여자의 한탄이 깊어졌다.

"응. 몇 명 있더라고. 개중에는 애들도 있고."

상당히 흥미로운 이야기였다. 핑크 눈의 좀비들이 여럿 있다니.

"너희도 조심해. 그것들 빠른 데다 고무줄처럼 끈질겨서…… 죽이기도 힘들어. 아까도 한 놈이 쫓아오는 바람에 한참 숨어 있던 거야."

미강의 뇌리에 편의점 밖의 소년 좀비가 떠올랐다.

"아줌마들도 우리랑 함께 나가요. 언제까지 죽치고 있을 순 없잖아요. 사이렌이 울리기 전에 돌아가야죠."

참모의 말에 여자들이 벌떡 일어섰다.

*

"안 보이지?"

상가 뒷문에 붙어서 사방을 둘러보는 참모.

"엄마 옆에 꼭 붙어서 다녀야 해, 유림아."

여자는 아이의 손목을 붙잡고서 교육시켰다.

유림은 얌전히 고개를 끄덕였다. 보채거나, 두려워하지 않았다. 잔인한 숨바꼭질놀이에 익숙해 보였다.

"갑니다."

참모가 뒷문을 몸으로 밀어 열기 시작했다. 문이 활짝 열리자, 다들 신속하게 밖으로 나섰다. 그때였다.

"크르르릉!"

좀비가 전속력으로 달려들었다. 바로 그 핑크빛 눈동자의 소년이었다. 예상치 못한 습격에 모두들 허둥거리며 흩어지기 시작했다. 핑크보이는 건물 속에 숨은 먹잇감들이 나오기만을 기다린 게 틀림없었다. 눈만 보이는 줄 알았더니, 먹이를 기다렸다가 잡는 방법도 아는 모양이었다.

"엄마!"

유림은 비명을 지르며 엄마에게 달라붙었다.

퍼억.

쩍 벌리던 소년의 입 밖으로 주먹마냥 큰 돌이 튀어나왔다. 뾰족한 돌이 좀비 소년의 머리통을 관통한 것이다.

"키악……."

쿵. 좀비는 그대로 고꾸라졌다. 시멘트 바닥에 얼굴을 찧었다.

"대장!"

참모의 목소리가 고조되었다. 저편에서 대장이 한 손을 흔들며 걸어오고 있었다. 유유히. 한 손에는 나무로 만든 큰 새총을 달랑거리면서. 그가 새총으로 돌을 쏘아 핑크 눈의 좀비를 죽인 것이다. 새삼스러운 일은 아니다. 대장은 곧잘 옥상 위에서 도로에 걸어가는 좀비들을 노려보다가, 슈팅 게임을 하듯 그들의 머리통을 겨누고는 했으니까. 대장의 새총 실력은 나날이 향상되고 있었다.

"역시 대장 오빠야. 한 방이잖아."

레몬이 방방 뛰었다. 그러는 동안 언니와 조카 옆에서 시종일관 침묵하던 여자가 몸을 앞으로 내밀었다. 대장을 보는 그녀의 눈빛에는 약간의 희망의 빛이 어려 있었다.

"혹시 말이지, 우리도 너희들과 같이 가도 될까?"

여자들 셋이서만 지내는 데 한계를 느꼈을까. 그녀는 언니에 비해 상당히 지친 기색이었다. 그러다 강한 대장의 출현에 마음이 동한 것이다.

"안 되겠는데요?"

즉답을 한 사람은 대장 본인이었다. 그는 한쪽 다리를 껄떡대며 계속 재잘거렸다.

"우린 어른은 안 받아요. 모르셨나 본데, 여긴 우리 구역이라고요. 아, 19금 아세요? 여기서 그건 만 19세 이상은 출입 금지라는 뜻이에요."

"19금? 여기가 너희들 구역이라니, 그게 무슨 말이야?"

여자가 무척 당황하며 되물었다.

"거참, 못 알아들으시네. 여기는 우리 놀이터라고요. 아무튼 이 동네는 19구역이니까 그런 줄 아세요. 강남 쪽에 큰 대피소가 있다는 얘기…… 한, 두 달 전에 들었어요. 도움이 필요하면 거기나 가보세요."

"강남 어디에?"

여자의 눈이 번쩍 떠졌다. 한편으로는 처음 보는 남자아이의 말을 믿어도 될지, 미심쩍은 눈초리였다. 하긴 대장은 어느 각도로 보아도 모범생은 아니니까.

"강남 신세 백화점에 지하 벙커가 있대요. 규모가 무지하게 크고 생필품도 공짜로 나눠준다고……."

대장은 딴청을 피우며 심드렁하게 설명했다.

"그 말, 진짜지?"

"아씨, 속고만 사셨나."

어느덧 대장의 입에서 짜증이 묻어나왔다. 만면에도 귀찮은 기색이 역력했다. 어른들 앞이라고 굳이 본성을 숨길 필요성을 느끼지 못하는 그였다.

"너희는 왜 거길 안 갔어?"

여자의 의심은 좀처럼 줄어들지 않았다.

"여기가 집이거든요."

대장을 옹호하듯 현웅이 맹랑하게 끼어들었다.

"그래도 가족들과 함께 있어야 할 거 아니니. 아, 너희들…… 고아야? 부모님은?"

주저하며 묻는 여자. 이쯤 되면 미강도 슬슬 짜증이 난다. 미강은 아줌마가 미안해하는 표정이 싫었다. 세상이 뒤집어졌는데도 그놈의 가족 타령이라니. 여전히 이 모양이다. 어른들은 모른다. 부모 없는 애들이나, 부모가 버린 애들이나, 그리고 부모를 버린 애들이나 오십 보, 백 보. 모두 한통속이라는 걸 모른다. 아들은 자주 바뀌는 아버지의 직업을 모르고, 아버지는 아들이 새로 맛들인 취미를 모른다. 대화와 소통의 길은 막혔고, 부모와 자식의 연은 느슨해지거나 결여되었다.

누구와 종말을 맞이하기를 원하는가. 매일 같은 밥상에 앉아 있어도 반찬에 대한 감상 외에는 나눌 대화가 없는 부모? 아니면, 하루 종일 수다를 떨어도, 다른 친구들 앞에서는 내 욕을 할까 두려워 관리해야 하는 친구? 분명한 건, 한 지붕 아래 산다고 해서 다 '사랑하는 가족'이라고 부르기는 꽤…… 애매하다는 점.

"차라리 그러면 좋겠네요. 우리는 뭐 자발적 고아라고 해두죠. 퉤, 구질구질한 얘긴 됐고요. 우리 가족들은 여기 다 있으니까 아줌마들은 신경 끄세요."

대장의 입에서 마구잡이식으로 뱉어진 가족이라는 단어. 입김에 훅 날아갈 듯 가볍게 들렸다. 미강의 기분도 영 찝찌름해졌다.

"그만 갈라지죠. 놈들이 떼거리로 몰려오면 답 없는 거 알죠? 살펴 가세요. 얘들아, 가자."

대장이 움직이자 참모와 분도가 서둘러 따라붙었다.

망연자실한 여자들은 우왕좌왕했다. 이 아이들을 쫓아가야 하는 건 아닐까. 작은 미련을 버리지 못한 모양이었다. 그러나 설사 아줌마들이 울며 매달려도 대장은 그녀들을 받아들이지 않을 것이다. 그의 마음속에는 어른에 대한 불신이 뿌리 깊이 박혀 있다.

"조심하셔서 꼭 살아남으세요."

여자들을 지나쳐가던 미강이 조용히 덧붙였다. 모르는 아줌마들이야 죽든 말든 상관없다. 그런데 미강의 눈에 어린 여자아이가 밟힌다. 혹시라도 아줌마들이 죽으면 유림이는 어떻게 될까. 괜한 걱정이 앞섰다.

하지만 미강은 곧 야멸차게 고개를 돌렸다. 본인이 알 바는 아니라는 결론을 내렸다. 그때, 대장이 슬그머니 되돌아왔다. 그는 멍하게 선 유림이에게로 다가갔다. 아이의 뺨을 가볍게 어루만지며 대장이 말했다.

"아 참, 잊을 뻔했다. 꼬마, 이름이 뭐야?"

"유림이."

긴 머리를 총총히 양 갈래로 땋은 여자아이. 따뜻해 보이는 핑크색 코트를 입고 캐릭터 운동화를 신고 있었다. 지저분한 행색의 엄마와는 상대적으로 핏자국 하나 없이 말끔한 유림의 옷차림에 시선이 갔다. 엄마가 아이에게 얼마나 공을 들이는지 느껴졌기 때문이다. 쓰레기 더미가 된 세상이라도 엄마는 딸에게 좋은 것만 주고, 또 보여주려 하기 마련이다.

"예쁜 이름이네. 좋아, 오빠가 네 이름 기억했다. 너는 언제든지 받아줄게. 혹시 엄마를 잃어버리면 우리를 찾아와. 언제든 이 편의점에서 기다리고 있으면, 우리를 만날 수 있을 거야."

"왜요?"

유림이 큰 눈을 껌뻑거렸다. 엄마와 이모를 차갑게 뿌리쳤던 오빠가 정작 자신에게는 살갑게 구는 게 이상하다.

"19구역은 어린이 우대거든."

대장은 입가에 인자한 미소를 머금었다.

"야! 재수 없는 소리 마! 나는 안 죽어! 유림이 두고는 못 죽는다고!"

유림의 엄마가 길길이 날뛰었다. 방금 전 그녀를 잡아먹으려고
했던 핑크보이보다 대장을 더 나쁜 악당으로 여기는 표정이었다.

"그러세요? 그럼, 그러세요."

대장은 멀뚱히 가버렸다. 한 손을 팔랑팔랑 흔들면서.

*

치지지직.

막대감자들이 기름 파도 속에서 요동을 치고 있었다. 기다란 구
두끈을 닮았다 해서 '슈 스트링'이라 불리는 냉동 감자튀김이었
다. 슈 스트링은 아이들이 요즘 즐겨 먹는 주식이었다. 미강은 분
도의 요란한 손놀림 아래 널을 뛰고 있는 감자들을 감상했다.

'언젠가는 병이 생길 거야. 아토피가 심해지겠지. 정크 푸드가
괜히 정크 푸드겠어? 쓰레기 음식이라잖아. 아니다. 나중에 좀비
들 입 속으로 들어갈 거라면 차라리 나쁜 것들을 잔뜩 먹고 체내
에 독을 쌓는 것도 괜찮은 방법이지. 날 잡아먹은 놈들 배가 부글
부글 끓어오르다가, 빵 터져 죽어버리게.'

이렇듯 미강의 사고의 흐름은 대부분 죽음으로 끝이 났다. 어떤
식으로든. 체감만으로는 쌀이 떨어진 지가 백만 년은 된 듯하다.

일회용 햇반들은 싹쓸이를 해간 지 오래. 슈퍼를 뒤져도 쌀은 도통 눈에 띄는 일이 없었다. 쌀이 떨어진 후로는 시시때때로 주식이 바뀌었다. 한번은 각종 통조림이 주식이 되었고, 또 한번은 냉동 볶음밥과 만두가, 또 한번은 밥 없는 카레만이 굶주린 아이들의 배를 채워주었다. 그거라도 먹으면 그나마도 훌륭한 식사에 속한다. 이제 아이들의 새로운 보물찾기의 대상은 '돈'이 아니라 '식량'이 되었다. 그중에서도 유통기한을 지나지 않은 먹을거리가 최고였다.

슈 스트링은 주식으로 괜찮은 음식이다. 너무 과한 기름기를 제외한다면 말이다. 슈 스트링을 많이 먹으면 뱃속이 부글부글해지고, 화장실로 달려가기 바빠진다. 그래도 이 막대감자는 감히 멋진 주식이라 평할 수 있다. 케첩이나 핫 소스를 찍어 먹을 때면, 그래도 역시 맛있다는 생각이 드니까 말이다. 더구나 짧은 시간에 포만감을 주었다. 그 징그러운 기름 냄새에 한동안은 아무것도 먹고 싶지 않다는 생각이 들 정도로 거대한 포만감을.

"하여튼 새끼들, 도움이 안 돼. 사냥해 오라고 보냈더니 두더지처럼 숨어만 있어?"

분도가 부엌에서 감자를 튀기는 사이, 대장이 또 투덜거렸다.

"우리도 어쩔 수 없었어. 그 좀비새끼가 워낙 빨라야 말이지. 대장도 봐서 알잖아. 보통 놈이 아니라는 걸."

"그래 봐야 좀비야. 썩어 문드러진 시체라고."

찰싹찰싹, 대장은 코웃음을 치면서 새총의 고무줄을 잡아당겼다.

"핑크색 눈 봤지? 아줌마도 그랬잖아. 그런 놈이 한둘이 아니라고."

참모는 계속 변명만 했다.

"나 핑크색 무지 좋아하는데……. 좀비이긴 해도 눈은 예뻤어. 그러니까 걔네들을 핑크라고 부를래! 너도 좋지, 테디?"

레몬이 맹맹한 콧소리로 끼어들었다. 한 손으로는 테디의 머리통을 쓰다듬었다. 테디는 레몬이 껴안고 다니는 장난감 곰이었다. 낡은 데다 털이 군데군데 빠진 잿빛 곰, 테디. 보기만 해도 우울해지는 그 털 뭉치를 레몬은 끔찍이 여겼다. 의류수거함에 누가 버린 걸 주워온 주제에.

"쳇, 미친년."

대장이 레몬을 향해 신랄하게 내뱉었다.

미강이 발끈하고 나섰다.

"형! 레몬한테 욕하지 마. 어린애한테 말이 심하잖아."

"나는 애 아니냐? 미강이 너는? 우린 뭐 다 큰 성인이래? 빌어먹을. 레몬만 감싸고돌지 말란 말이야!"

대장은 미강을 노려보며 소리쳤다. 일순간 방 안의 분위기가 싸해졌다.

"됐어, 그만. 또 뚜껑 열리게 하면 가만 안 둔다. 알아먹었냐? 아휴, 기분 졸라 구리네, 씨발. 밥 다 되면 불러. 다른 애 시키지 말고 미강이 네가 와."

대장은 화해의 뜻으로 미강의 어깨를 툭툭 쳤다. 그러곤 마당으로 홀연히 나가버렸다.

"이상해."

동그란 레몬의 머리통이 대각선으로 기울어졌다.

"뭐가?"

"대장은 미강 오빠한테만 친절하단 말이야."

미강이 넋을 쭉 빼며 말했다.

"저게 친절이야? 만만해서 그러는 거지."

"그치만, 분도 오빠가 대들었으면 머리통을 프라이팬으로 후려 갈겼을걸? 것도 뜨거운 프라이팬으로."

레몬의 말도 일리는 있어, 미강은 입을 다물어버렸다.

"밥 먹어."

미강이 옥상으로 나갔을 때 대장은 고무 새총을 들고서 아래를 겨냥하고 있었다. 근처 옥상에서 움직이고 있는 좀비의 시꺼먼 머리통을 향해서.

"형, 밥 먹으라니깐."

삐죽하게 목소리를 높이는 미강.

"잊지 마. 플라이하이야. 우리는 플라이하이를 구해야 해. 무슨 짓을 해서든."

불현듯 대장이 돌아보면서 목소리를 깔았다. 그의 까만 눈동자는 블랙홀처럼 깊었다. 미강은 저도 모르게 어깨를 움찔 올렸다.

*

문어파는 요즘 식량보다 플라이하이를 구하는 데 사력을 다하고 있었다. 다른 동네로 사냥을 나갔던 문어가 아저씨들을 만났는데, 그 사람들 중에 플라이하이를 복용한 사람이 있었던 것이다. 그는 좀비에게 물린 팔의 상처를 보여주며 자랑했다. 자신은 물려도 좀비가 되지 않는 산증인이라고 말이다. 그 소식을 들은 날 밤, 대장은 격하게 흥분해서 떠들어댔다.

"그거야! 우리도 일단 플라이하이부터 손에 넣어야 해. 다른 건 아무 의미 없어."

미강은 그의 생각에 동조할 수 없었다. 그렇지만 잠자코 있었다. 연해린이 복용했다는 그 플라이하이. 한때는 좀비 각성제라고까지 불린 망국의 마약, 플라이하이(Fly High). 그런데 이제는 그 플라이하이를 복용하면 좀비가 되는 걸 예방할 수 있다고? 어느 장단에 춤을 춰야 할지 혼란스러웠다.

"기억해둬. 플라이하이는 두 알을 먹어야 해. 물 없이. 약발을 받으려면 빈속이 좋다더라고."

대장은 본인이 제약회사 수석 연구원이라도 되는 양 줄줄 떠들어대었다. 검증되지 않은 정보들을 맹신하기 시작했다. 플라이하이에 대한 소문은 이랬다. 플라이하이 두 알을 연속해서 복용하면 좀비 바이러스에 대한 면역을 키울 수 있다는 것이다. 다만, 이미 물려서 좀비가 된 사람에게는 소용이 없다. 반드시 물리기 전에 미리 복용해야만 한다. 그런 밑도 끝도 없는 허무맹랑한 이야기들이었다.

"어디서 찾아. 그냥 수면제도 아니고, 마약인데?"

참모가 화살코를 킁킁거리며, 비정한 현실을 일깨워주었다. 그래도 대장은 눈썹 하나 까딱하지 않았다.

"생각해봐. 플라이하이는 언더밴드 클럽 같은 데서 팔렸어. 연해린 이후로는 단속이 심해졌다지만, 오히려 인터넷상에서 파는 셀러가 급증했었지. 호기심 때문에 구입하려던 사람이 줄을 이었으니까. 오죽하면 원수에게 복수를 하겠다고 하이를 사는 얼간이들도 있었잖아. 사람은 팽팽 죽어나가도 물건들은 썩지 않고 남아 있어. 그러니까 이 잡듯이 뒤지다보면 찾을 수 있어."

"콜! 오빠, 나도 그거 먹을래."

레몬만이 환호했다. 어쩌면 플라이하이는 사실 가장 어린 그녀에게 필요할지도 모른다. 지금 죽기에는 너무 가여우니까. 그 이후로, 대장은 틈만 나면 플라이하이를 찾아야 한다는 말을 입에 달았다. 플라이하이에 대한 그의 갈망은 점차 맹목적이 되어갔다. 플라이하이가 만병통치약은 아니더라도, 만에 하나 좀비가 되는 걸 막아주는 데 손톱만 한 도움이 될지도 모른다고.

끔찍한 좀비로 변할 가능성만 줄어든다면, 종말의 세상도 살 만해진다. 이미 월세와 각종 공과금에서 해방되었다. 학교에도 가지 않고, 아르바이트를 하지 않아도 된다. 그러니 좀비에게 물려도 변하지 않는다면, 초슈퍼 울트라 자유인간이 되는 것이다. 이런 몹쓸 기대감이 대장을 지배했다. 대장에게 물이 들어서일까? 처음에는 긴가민가하던 아이들도 곧 플라이하이를 애타게 찾기 시작했다. 플라이하이는 이제 옥탑방 아이들에게 신성한 존재가 되었다. 하다못해 분도도 플라이하이에 대한 욕심을 드러냈다.

"플라이하이 찾으면 나도 줄 거지? 응?"

"알았다니까. 그만 좀 징징대, 새끼야."

귀찮아진 현웅이 고함을 치자, 분도가 안심하며 헤벌쭉 웃었다.

그러나 미강만은 플라이하이를 믿지 않았다. 정상적인 세상이 끝났다고는 한들, 미강은 고작해야 마약 따위를 찾는 게 삶의 목표가 되는 게 싫었다. 불과 열여덟 살. 미강의 상식으로는 마약은 아직 '나쁜 것'에 속했다. 그렇다고 '좋은 것'을 딱히 해본 적도 없지만, 일단 '나쁜 것'을 취하는 데에는 거부감이 남아 있다. 양심의 밑바닥에 깔린 최소한의 한 조각이랄까.

*

"어서 들어가서 밥 먹자, 대장."

미강이 또 재촉하자, 대장이 진중하게 말했다.

"……알고 있지? 내가 가장 믿는 사람이 너라는 걸."

그의 우정 고백이 갑작스러웠다. 미강은 당황스러워 주위를 둘러보았다. 그의 발언을 친구들이 들을까 염려되어서였다.

그 순간, 슈웅, 새총에서 튀어나온 돌이 바람을 갈랐다. 이어 근처 옥상의 까만 바둑알로 보이던 좀비가 대각선 방향으로 튕겨나갔다.

"명중!"

대장은 환호성을 내질렀다. 의기양양해진 그는 다시금 미강에게 시선을 맞추었다.

"플라이하이가 생기면 나부터 먹고, 그다음엔 널 줄 거다. 그러니까 미강이 너는 날 배신하면 안 돼. 우린 한 배를 탄 가족이잖아."

'그놈의 가족 타령 좀 그만하면 안 돼? 진짜 가족도 아니면서.'

미강은 목구멍까지 치밀어 오르는 말을 삼켰다. 속말을 했다간,

옥탑방에서 쫓겨날지도 모를 일이었기 때문이다.

"다 식겠다. 형, 나 먼저 내려간다."

"같이 가, 인마!"

대장이 몸을 빙글 돌려서 미강에게로 달려와 두 팔로 미강의 목을 와락 끌어안았다.

"이 의리도 없는 자식아. 그래도 난 너 믿는다. 무조건 믿는다."

"왜?"

"넌…… 거짓말을 못 해. 그리고 난 내 편은 한눈에 알아보거든."

대장은 때때로 미강에게 과하게 친절한 순간이 있었다. 주로 단둘만 있을 때였다. 그럴 때면 미강은 난감하다 못해 전신에 소름이 쫙 끼쳤다.

'대장은 대체 왜 저러지? 정말 나를 형제로 삼고자 하는 건가. 아님, 자신의 확실한 똘마니로 키우겠다는 건가.'

별별 생각이 다 들었다. 이유가 뭐든. 미강은 기분이 썩 좋지는 않았다. 게다가 헤실헤실 웃고 있는 대장에게서는 야릇하게 알코올 냄새가 풍겨왔다.

"형, 또 술 먹었어?"

미강이 오만상을 찌푸리며 물었다.

"물 대신으로 먹었지. 물은 모자라니까 아껴야지. 나는 술 먹고, 너희들은 물 먹고. 좋지?"

그는 짐짓 능청스럽게 행동했다. 본인의 코끝이 점점 빨개지고 있다는 사실을 인식하지 못하는 듯했다.

"작작 먹어. 알코올 중독될라. 대장이 잘못되면 우리는 어떡하라고."

미강은 다정하게 그를 타일러보았다. 가출 아이들이 모여 있으면 재미삼아 술자리가 벌어지곤 한다. 그런데 지금은 단순히 재미 수준이 아니다. 술 구하기가 너무 쉬워졌기 때문이다. 주민등록증 검사를 할 어른도 없을뿐더러, 싹쓸이를 당한 가게에서도 술 몇 병쯤은 마지막까지 남아 있기 마련이었다. 물보다 술이 훨씬 구하기 쉬워진 게다.

대장이 술을 얼마나 마시는지는 아무도 몰랐다. 분명한 건, 그의 입에서 과학실에서 실험할 때나 쓰는 에탄올 냄새가 풍긴다는 점이다. 그것도 하루 종일.

"괜찮아. 나는 중독 따윈 안 돼. 그 아저씨랑은 다르거든."

'그 아저씨'는 대장이 자신의 친아버지를 부르는 호칭이었다.

"나 걱정해주는 사람도 있고…… 기분 좋다! 이래서 가족이 좋은 거야. 안 그래? 아하핫."

대장은 호탕하게 웃기 시작했다.

*

"맛있다. 헤헤……."

분도가 기름기로 질척한 손가락들을 꼼꼼히 핥았다. 그는 제 몫을 홀딱 먹어치우고서는 빈 그릇을 아쉽게 들었다 놓았다 하고 있었다.

"분도, 이것 좀 더 먹어."

미강이 한 움큼의 감자튀김을 들어 분도의 그릇에 넣어주었다. 미강은 식욕이 없었다. 기름 냄새만 맡아도 헛구역질이 나왔다. 옆의 참모와 레몬도 갖은 인상을 쓰면서 억지로 밥그릇을 비우고 있었다. 그래도 분도만은 비위가 좋았다. 그는 고맙다는 인사도 없이 미강이 준 막대감자를 와구와구 입 안으로 쑤셔 넣기 시작했다.

"네 걸 왜 나눠줘? 저 새끼를 식충이 밥벌레로 만들 작정이야?"

대장이 어김없이 성질을 부렸다. 미강은 모르는 척 흘려듣고선, 가장 긴 감자를 집어서 입에 넣었다. 벌써 다 식어버린 감자튀김은 퍼석퍼석했다. 무미건조한 맛. 음식이 아니라 숫제 기름종이를 돌돌 말아서 씹는 맛이다. 기계적으로 입을 우물거리던 미강은 문득 분도를 쳐다보았다.

'넌 예전이나 지금이나 똑같지? 가족이고 뭐고 너는 너만 생각하면 되잖아? 분도, 넌 좋겠다. 진짜 좋겠다.'

그가 대견했다. 무슨 음식이 나오든, 군말 없이 가장 잘 먹는 사람이 분도였다. 그는 세상이 어찌 되든 본인의 욕구에 충실했다. 언제나 잘 웃고, 잘 먹고, 잘 쌌다. 미강은 그 점이 놀랍고도 부러웠다.

캔 커피의 새로운 용도

이틀 후.

실패한 사냥을 만회하기 위한 새 사냥이 시작되었다. 이번에는 전원이 다함께 움직이기로 했다. 비축한 음식이 다 떨어져서 선택의 여지가 없었다. 아이들은 동네에서 조금 더 나가보기로 했다. 가는 길은 그럭저럭 순탄했다. 간간이 마주친 좀비들을 퇴치하고서, 그들은 사거리의 편의점을 지나 번화가의 중심부에 도착했다.

목적지는 뉴그린 쇼핑몰이었다. '봄맞이 특별 세일 중'. 누렇게 변색된 대형 플래카드가 아이들을 반겨주었다. 입구는 처절하게 파손된 상태였다. 이 쇼핑몰을 방문하는 건 처음이라서일까. 모처럼 미강도 설레었다. 그들은 주로 집에서 가까운 백화점을 애용했었다.

콰작.

유리 파편을 짓밟으며 들어가던 대장이 뒤를 홱 돌아보았다. 그의 허리춤에서 새총이 달랑거렸다.

"참모, 엄호 잘 하고 있지? 나한테서 세 발짝 이상 떨어지면 안 돼."

"응, 대장."

참모가 과시하듯 흔들어댄 건, 대장의 손에 든 것과 똑같은 해머였다. 기다란 나무 손잡이가 달린 해머는 이전에 백화점 창고에서 획득한 무기였다. 옥탑방 아이들 중에서 해머를 휘두를 만큼 힘이 좋은 사람은 참모와 분도, 대장뿐이었다. 하지만 해머는 두 개뿐이라 분도를 포함한 나머지는 쇠파이프를 들었다.

미강의 잠바 주머니가 불룩했다. 쇠파이프뿐만 아니라 주머니에 호신용 분무기를 넣어가지고 왔기 때문이었다. 작은 분무기 안에 화장실 청소용 락스를 가득 채웠다. 미강이 락스 분무기를 만들 때, 참모가 코웃음을 쳤었다. 그는 그걸로 뭘 할 수 있겠냐고 비웃었다. 비록 볼품은 없는 무기였지만 미강은 뿌듯했다. 자신이 스스로 만들어낸 무기였기 때문이다. 미강은 이왕이면 락스가 묵은 때뿐만 아니라 핑크 좀비의 시각까지 제거해주길 바랐다.

이윽고 그들은 핵폭탄이라도 터진 모양으로 엉망이 된 로비를 지나쳤다. 그러고는 멈춰진 에스컬레이터를 걸어 내려가 지하 1층의 마트로 향했다.

갑자기. 대장이 멈추라는 수신호를 보내었다.

"마트가 넓으니까, 두 팀으로 갈라지자."

그 순간이었다.

"오빠, 핑크야!"

레몬이 새된 비명을 질렀다. 그녀의 말대로 마트 구석에 키 작은 소년이 있었다. 몸을 잔뜩 웅크리고 앉은 그것은 시커먼 그늘과 한 덩어리였다. 그래서 눈에 쉬이 들어오지 않은 것이다. 깜박깜박, 핑크빛 눈동자만이 전원이 들어간 두 개의 카메라 램프처럼 번쩍거렸다. 핑크 눈의 좀비 소년은 앉은 자세 그대로 바퀴벌레처럼 사사삭 게걸음을 쳐갔다.

미강의 공포심이 가파르게 상승했다. 반면 대장은 즐거운 표정이었다.

"오호라, 핑크가 또 있었군. 이건 내가 처리하겠어."

대장은 해머를 치켜들며 앞으로 전진해갔다.

'어쩌면 저리 겁이 없을 수 있지?'

미강은 문득 그가 존경스러워졌다. 대장의 독선적인 성격은 싫었지만, 그래도 그 대담함만큼은 칭찬해줄 만했다. 대장이 옥탑방 아이들을 목숨 바쳐 지켜주고 있다는 건 부인할 수 없었다.

그때였다.

풀쩍.

그것이 메뚜기처럼 크게 점프했다. 점프력이 상상 초월! 좀비가 아니라 메뚜기로 변한 것 같았다. 미강이 멍하게 좀비 메뚜기의 동선을 지켜보는 틈에, 그것은 마치 대장의 머리통을 장애물 넘듯 넘어갔다. 그러곤 살집이 두툼한 현웅의 등으로 착지했다.

"끄아아악!"

그것이 현웅의 목덜미를 덥석 물어뜯었다. 현웅과 핑크는 엎치락뒤치락 나뒹굴기 시작했다. 동맥이 파열되었는지 현웅의 목에서 붉은 핏줄기가 뿜어져 나왔다. 그야말로 속수무책으로 당한 상태. 낙하하는 핏물의 양이 많아질수록 현웅의 얼굴은 새하얗게 질려갔다.

"어떻게 해, 대장!"

기겁한 참모가 소리쳤다. 하지만 모두들 손가락 하나 까딱하지 못했다. 벌써 현웅과 그것은 한 덩어리가 되어서 떼어낼 수도 없었기 때문이다.

"씨발, 핑크가 메뚜기라는 말은 왜 안 했어?"

대장의 호통에 참모가 주춤주춤 변명했다.

"몰랐어. 저런 건 처음 봤는걸!"

하는 수 없이 대장이 해머를 곧추세웠다. 그는 현웅 앞에 섰다. 여전히 엎치락뒤치락 구르고 있는 핑크와 현웅의 몸. 핑크는 거머리가 되어 현웅을 뜯어 먹는 중이었다.

"으으윽."

현웅은 눈을 까뒤집은 채로 신음 소리를 내뱉었다.

대장의 눈매가 가늘어졌다. 그는 미간을 좁히며 목표물에 집중
했다. 작심한 그가 핑크의 등에 해머를 휘갈기려는 찰나였다.

삐이익, 호루라기 소리가 울렸다. 귓불까지 잡아 찢는 날카로운
고음이었다. 핑크가 고개를 휘릭 쳐들었다. 어디선가 까만색 물건
이 슝 날아와서 핑크의 머리를 강타했다.

퍽!

핑크의 머리가 터졌다. 뇌의 반 토막이 막 스푼으로 뜬 젤리 덩
어리처럼 날아가 버렸다. 속수무책으로 쓰러지는 핑크. 현웅의 피
만큼이나 시뻘건 핏물들이 솟아나오며 하얀 바닥을 붉게 물들이
기 시작했다.

'피가 새빨개! 이제까지 본 좀비들은 피가 검푸른데……. 핑크
는 우리랑 똑같이 빨간 피를 가지고 있어!'

미강은 당황스럽던 와중에 또 다른 충격을 받았다. 편의점의 핑
크 때는 경황이 없었다. 그래서 핑크의 피가 푸른지 붉은지, 기억
도 나지 않는다. 그때에 비해 이 핑크 소년의 핏방울은 떨어진 장
미꽃잎처럼 붉었다.

까만 무기가 바닥을 구르고 있었다. 무기의 정체를 확인하던 미

강이 더욱 당황하고 말았다. 거기엔 제대로 무기라고 부를 게 없었기 때문이다. 까만 비닐봉지. 그 속에 캔 커피가 몇 개 들었을 뿐이었다. 흔한 싸구려 캔 커피였다.

"어디야? 이거 누가 던졌어?"

당황한 대장이 황급히 둘러보기 시작했다. 약 20미터 거리에 한 소년이 서 있었다. 두 다리를 어깨너비로 벌리고 주먹을 꼭 쥔 모습. 낯선 소년에게서 초조함은 보이지 않았다. 오히려 당당함과 자신감이 느껴졌다.

'또 펑크인가?'

미강의 오해는 소년이 입을 연 직후 사라졌다.

"아…… 방해했으면 미안. 좀 위험해 보여서 말이야."

그는 구겨진 청바지와 검정 티셔츠를 입고 등에 큰 백팩을 메고 있었다. 그는 키도 길쭉하니 크고 상당히 잘생긴 소년이었다. 평범한 옷차림에도 이목구비가 눈에 팍 띌 정도로.

"자식, 대단한데? 너 이름이 뭐야? 몇 살이야? 혼자 다녀?"

대장은 호기심을 보이며 그에게 다가갔다. 현웅이 죽은 지 몇 분도 채 지나지 않았지만, 대장은 친구의 죽음은 아랑곳하지 않다. 현웅의 빈자리를 새로 등장한 소년이 메워차기를 기대하는 건지도 몰랐다. 그런 대장의 속내를 아는지 모르는지, 소년은 거리낌 없이 자기소개를 했다.

"내 이름은 룩이야. 이룩. 열여덟 살이고, 보시다시피 혼자 다녀."

"알았어, 룩. 나는 대장이다. 대장이나 형이라고 불러. 내가 너보다 한 살 더 많으니까."

씨익, 대장은 호의적으로 웃어 보였다. 카우보이처럼 등장한 그가 마음에 쏙 든 모양이었다. 그런데 정작 룩은 표정의 변화가 없었다. 그는 친구를 사귀는 일에는 무관심한 성격이었다.

"그것보다 내 비닐봉지를 돌려받을 수 있을까? 아시다시피 지금은 먹을 걸 버릴 형편이 아니라서 말이야."

그가 손을 들어 가리켰다. 방금 전 핑크를 때려눕혔던 검은 비닐봉지를. 미강이 허리를 굽혀서 비닐봉지에서 빠져나온 캔들을 다시 담았다. 그러곤 봉지째로 가져가 룩에게 건네주었다. 그러다 미강은 깨달았다. 캔의 상당한 무게에도 불구하고 얇은 비닐봉지가 찢어지지 않은 이유를 말이다. 비닐봉지는 겹겹이었다. 세 장의 비닐봉지를 겹친 상태였다. 웬만해서는 찢어지지 않도록.

'용의주도한 녀석이군. 이 녀석, 전투력이라면 대장과 막상막하일지도 몰라.'

미강은 낯선 소년을 관찰하기 시작했다. 룩의 맑은 눈동자도 미강을 마주 보고 있었다.

"고마워."

그가 인사를 하며 봉지를 받아드는 순간, 툭, 서로의 손끝이 살짝 닿았다. 미강은 흠칫하며 손을 거두었다.

"마저 볼일들 봐. 난 그만 가볼게. 아 참, 이미 알겠지만 죽은 네 친구는…… 데려갈 생각 하지 마. 이유는 알지?"

"기다려!"

바람처럼 돌아서서 가려는 룩을 잡은 건 대장이었다. 그는 서슴 없이 제안을 던졌다.

"너 혹시 갈 데 없으면 우리랑 같이 갈래?"

룩은 대답 대신 대장 뒤에 쭉 늘어선 아이들을 보았다. 어정쩡 하게 선 레몬과 놀라서 대장을 쳐다보는 참모. 턱살을 덜덜 떨며 숨을 몰아쉬고 있는 분도. 그리고 죽어 나자빠진 현웅의 시체까지. 룩은 빠짐없이 훑어 내려갔다.

"같이 살자. 우리는 괜찮은 아지트도 가지고 있어. 네 마음에도 쏙 들 거야."

대장의 제안은 어느덧 살가운 권유문으로 바뀌었다. 룩을 마치 그들을 구하러 온 십자군으로 반기는 태도였다. 룩은 잠시 망설이 더니 툭, 말을 씹어뱉었다.

"그쪽 무리에 내가 굳이…… 필요할까?"

"그래. 우리는 네가 필요해. 그리고 너도 우리가 필요할 거야."

대장은 감히 확언했다. 새 멤버를 영입하기 위해서 필사적이었 다. 어느새 무덤덤하던 룩의 표정이 미묘하게 변하기 시작했다.

사이렌이 울리기 전에

현웅이 죽었다. 그리고 룩이 들어왔다. 마이너스 1, 플러스 1. 따라서 여섯 명이라는 숫자는 바뀌지 않았다. 여전히 대장의 가족은 그를 포함하여 여섯 명이었다. 대장은 기똥차게 셈이 빨랐다.

현웅의 시체는 적당하게 처리되었다. 그야말로 적당하게. 일단 부활을 막기 위해서 대장이 해머로 그의 머리를 박살냈다. 후에는 현웅을 담요에 둘둘 말아놓은 채로 긴급 장례를 치렀다. 아이들은 선 채로 두 손을 모아 합장했다. 현웅에게 마지막 인사를 하는 것이다. 미강은 곰곰이 생각했다. 적어도 현웅이 인간으로서 죽었으니 최악은 아니라고. 그리고 룩이 나타나지 않았더라면 대장이 현웅의 죽음을 좀 더 오래 슬퍼했을 거라고도.

장례가 끝난 현웅의 사체는 담요째로 쇼핑몰 뒤뜰 화단 속에 감춰 두었다. 그게 최선이었다. 현웅에게는 안됐지만 구덩이를 팔 시간도, 여력도 절대적으로 부족했다. 한시바삐 목표를 달성해서 집으로 돌아가야만 했다. 좀비들이 떼로 몰려들기 전에. 그리고 그 빌어먹을 사이렌이 울리기 전에.

*

위이이이잉.

정각 8시. 사이렌이 19구역을 장악하기 시작했다.

룩은 옥상의 난간에 기대어 밤의 거리를 내려다보고 있었다. 미강이 쭈뼛거리며 다가가자, 그가 선뜻 말을 걸어왔다.

"멋진 아지트구나. 그런데 저 사이렌은 뭘까? 계속 궁금했거든. 혹시 알아?"

"아니. 그건 아무도 모를걸."

매일 저녁. 시계가 8시를 가리키면 사이렌 소리가 울리기 시작했다. 일단 사이렌이 울리면, 고막이 찢어질 듯이 크게 울려댔다. 사이렌이 울리기 시작한 것이 어느 날인지 기억도 나지 않았다. 좀비 사태가 나고 대략 두 달쯤 뒤였던가. 뜬금없이 사이렌이 울리기 시작했다. 그때부터 단 하루도 빠지지 않고 사이렌이 울렸다.

정확히 19분 45초 동안.

소음쯤이야, 이불을 뒤집어쓰고 참으면 되리라. 그러나 사이렌의 문제점은 소리에 민감한 좀비들을 발광하게 만든다는 점이다. 그래서 아이들은 식량 사냥을 나갔다가도 8시가 되기 전에는 반드시 집으로 귀환했다. 누가 정해준 것도 아닌데 8시 통금이 자연스럽게 규칙이 되었다. 어차피 8시 이후에는 어두워서 밖을 나돌아 다니기 힘들기도 했지만 말이다.

사이렌의 정체가 무엇인가는 알 수 없었다. 호기심에 사이렌 소리를 따라가 캐내려고도 해봤었다. 그렇지만 도무지 소리의 근원지를 찾을 수 없었다. 이제는 사이렌이 울려도 아이들은 덤덤하게 행동했다. 사이렌 소음을 대형 시계의 알람 정도라고 여기기로 한 것이다. 어느 관공서에서 맞춰놓은 경보 사이렌이 담당자가 죽어서 그대로 돌아가는 중이 아닐까 하는 짐작만 할 뿐. 사이렌을 굳이 찾아서 끌 생각도 사라졌다. 언젠가는 사이렌도 약발이 떨어져 저절로 죽음을 맞이할 터. 그렇게 아이들은 사이렌이 자살하기만을 기다리기로 했다.

사이렌 소리가 따갑게 울리는 가운데, 미강이 조그맣게 속삭였다.

"있잖아. 조금 감명받았어."

"나한테?"

룩의 눈동자가 홀떡 커졌다.

'이 녀석, 눈동자가 꼭 밀크초콜릿 같잖아!'

문득 미강은 옅은 갈색 빛이 도는 소년의 눈동자에 빠져들었다.

"으응. 캔 커피로도 죽일 수 있는 줄은 몰랐거든."

룩의 입가에 웃음기가 물안개처럼 번져갔다.

"후훗, 캔은 여러모로 좋아. 무기도 되고, 배고플 땐 까서 먹을 수도 있으니까."

"나도 참고할게."

"무슨, 참고씩이나. 대단한 게 뭐가 있다고."

룩이 어깨를 으쓱하게 올린다. 그래도 치켜 세워주니 기분이 나쁘지 않은 표정이다.

"룩, 너 정말 혼자서만 다녔어? 무섭지는 않았어?"

미강은 내내 가슴속에 담아둔 질문을 꺼내었다. 생존에 특별한 비결이 있다면 알고 싶었다. 언제까지 대장의 그늘에서 살 수 있을지 장담할 수 없기 때문이었다. 어떤 형태로든 분리되어, 옥탑방을 떠나는 날이 올 것이다. 그것이 가출팸의 숙명이다.

"부모님은 돌아가셨고…… 난 외동이라 형제가 없어. 그래서 집에서 숨어 지내다가 나온 거야. 미강이 넌 어때? 형제가 있어?"

"으응."

미강이 화들짝 놀라다가 얼버무렸다. 룩은 이곳이 자발적으로 가출한 청소년들의 집합소라는 걸 모른다. 그가 모르는 게 당연했다. 이러쿵저러쿵 설명할 대장이 아니다. 게다가 그들이 가출팸이라는 건, 지금은 무의미한 옛날이야기에 지나지 않았다.

"난 한 번씩 생각해. 형제라도 있었으면 함께 다니고 좋았을 텐데 하고. 왜 우리 엄마는 내 동생을 안 만들어줘서 날 외톨이가 되게 했을까. 원망도 했었지. 넌 안 그랬어?"

"전혀."

시니컬한 미강의 대답에 룩의 짙은 눈썹이 기러기가 되어 올라갔다.

같은 시각, 뱁새눈을 한 대장이 옥상 난간에 나란히 붙은 미강과 룩의 뒷모습을 보고 있었다.

"어쭈. 저것들 벌써부터 친한 척은. 대장, 미강이 좀 웃기지 않아? 말 걸어도 대답도 잘 안 하는 놈이 먼저 가서 말을 걸다니, 웬일이래."

참모가 옷깃을 여미며 툴툴거렸다.

"내버려둬. 잘됐지 뭐. 저도 마음 맞는 사람 한 사람쯤은 있어야 하지 않겠어?"

참모가 고개를 갸우뚱했다. 대장이 말한 '저'가 미강인지, 아니면 룩인지. 둘 중 누구를 말하는 것인지 헷갈렸기 때문이다.

"그런데 대장, 왜 저 자식을 데려왔어? 어디서 온 누군지도 모르는 놈을……."

"플라이하이."

입술을 비틀어 올리는 대장.

"어?"

"플라이하이를 구하려면 센 놈이 필요해. 분도 같은 놈들 백 트럭이 있어도 안 돼. 저 녀석처럼 한 가닥 할 수 있는 놈이 필요하다고. 척 보면 모르겠어? 저 녀석은 배짱이 두둑한 놈이야. 혼자서 이만큼 버텨왔으니 좀비들을 때려죽인 경험도 많을 테지. 저놈, 우리가 플라이하이를 찾을 있도록 도와줄 수 있는 놈이라고. 용병이랄까?"

불현듯 참모가 어깨를 부르르 떨었다. 비단 옥상을 휩쓸고 지나가는 차가워진 공기 때문만은 아니었다. 대장의 검은 동공에 서린 집착이 두려웠다. 참모는 팔짱을 꼈다. 그러곤 으슬으슬 파고드는 찬바람이 어서 물러가기를 기다렸다.

*

룩이 온 뒤, 일주일이 평온하게 흘러갔다.

"으, 추워라."

레몬이 두 팔로 자신의 작은 몸을 껴안고 녹였다. 며칠 새 온도가 많이 떨어졌다. 미강은 봄 아지랑이가 아른아른 피어날 때 집을 나왔건만. 벌써 11월 중순, 겨울의 입구에 접어들었다. 미강도 청재킷의 옷깃을 빈틈없이 여며보았다. 그렇지만 얇은 청재킷만 으로는 밀어닥치는 칼바람을 막을 수 없었다.

"쌍, 추워서 못 살겠네."

성질 급한 참모가 넌더리를 냈다. 더운 여름에는 팔랑거리고 쏘다녔던 그에게도 추위는 쥐약이었다.

"당장 겨울 장만 하러 가자. 많이도 안 바라고, 팬히터라도 몇 개 가져와야겠어. 짐이 많으니까 이번에도 출동이다."

진작부터 대장은 뉴그린을 재방문할 계획을 세우던 중이었다. 뉴그린에 처음 사냥을 갔던 날, 현웅의 장례식과 새 가족의 영입 등으로 시간을 끄느라 수확품이 적었다. 그날 가져온 물건이라 해봤자, 유통기한이 지난 라면들과 찌그러진 통조림들, 생수 두 통 정도였다. 그것도 벌써 밑바닥을 드러냈다.

생살을 뜯어먹는 좀비들과 마주치는 것보다 더 무서운 건, 인간다운 생활을 지탱하는 일이었다. 칫솔, 치약, 샴푸, 옷, 신발, 이불 등등 인간다운 삶을 위해서 갖춰야 할 생필품들이 끝도 없었다. 아무도 신경 쓰지 않음에도 매일 씻고, 속옷을 갈아입어야 하다니. 인간은 참으로 귀찮은 형식에 사로잡혀 있었다. 그렇다고 하지 않을 수도 없는 노릇이었다.

'차라리 지금이 원시시대였다면 나으려나? 최소한 옷은 안 입어

도 되잖아.'

거기까지 생각하던 미강이 도리질을 쳤다. 신이 아이들의 투정을 들어줄 리가 없지 않은가? 신은 인간을 버렸다. 그러지 않았다면 수천 년 동안 쌓아올린 인간 세상에 동족을 잡아먹는 식인의 괴물들이, 부모와 자식을 잡아먹는 패륜의 괴물들이 활보하도록 내버려두지는 않았을 게다.

다음 날.

뉴그린으로 출발하기 직전이었다. 대장이 인상을 구겼다.

"식량을 어떻게 싣지?"

그러면서 드럼통 바리케이드 옆에 일렬로 세워둔 오토바이와 자전거들을 응시했다. 개중 오토바이 두 대는 쓸 만했다. 그것도 엔진 소리가 좀비들을 자극하기에 대부분은 걸어서 다니는 형편. 게다가 오토바이는 사냥을 나가는 인원이 적을 때만 사용이 가능하다. 사냥을 위해 자동차를 타고 다니는 건 적어도 이 동네 도로 사정에서는 미친 짓이었다. 주인을 잃고 버려진 자동차들이 19구역의 도로를 꽉 메우고 있었다. 옥상 위에서 내려다보면 4차선 도로는 숫제 자동차 폐차장을 방불케 했다.

"오토바이로 가야지. 양손에 짐을 들고는 못 뛰어."

대장은 참모의 말에 고개를 끄덕였다. 그는 슬며시 룩에게 결정

권을 넘겼다.

"룩, 오토바이 탈 수 있어?"

룩이 고개를 주억였다. 대장은 흡족한 미소를 지었다.

"좋아. 타고 가자."

아이들은 두 대의 오토바이에 나눠 타기로 했다. 대신 레몬과 분도는 옥탑방에 남아 있게 되었다. 오토바이의 기동성을 높이려면 타는 승객이 적어야만 한다. 짐을 실을 자리도 남겨두어야 한다.

"잘 갔다 와, 오빠들."

"문이나 잘 잠그고 있어."

배웅하겠다는 레몬과 분도를 대장이 손사래를 치며 쫓아냈다.

한편 미강은 당연한 듯 룩의 오토바이로 걸어갔다.

"어디 가? 너는 내 뒤에 타야지."

대장이 미강의 목덜미를 낚아채었다. 미강은 싫은 내색을 싹 감추었다. 그저 대장이 시키는 대로 그의 뒤에 얌전히 앉았다. 대장의 오토바이는 날렵한 경주형 오토바이였다. 속도가 매우 빨랐다. 아이들이 어디서 이런 걸 가져왔냐고 물었을 때, 대장은 본인의 역량이라고만 대답했었다. 그가 예전에 알바로 일하던 오토바이 가게에서 훔친 장물이라는 건 나중에 참모가 슬쩍 흘린 얘기였다.

"꼭 잡아. 나 빠른 거 알지?"

대장은 미강의 두 팔을 잡아 자신의 허리춤에 둘렀다. 미강의 얼굴이 그의 등에 푹 파묻혔다.

"쳇, 술 냄새 쩔어."

조그맣게 불평하는 미강.

"괜찮아. 짭새들 다 죽었으니까 상관없어."

대장이 옅게 미소를 지었다.

"룩! 안 기다려준다? 알아서 잘 따라와."

투다다다다.

대장은 곧바로 오토바이를 출발시켰다. 아직 꾸무럭거리며 오
토바이를 타고 있는 룩과 참모를 내버려둔 채로.

"같이 가, 대장!"

참모의 목소리가 순식간에 멀어졌다.

"크아악!"

엔진 소리를 듣고 왔을까. 얼마 가지도 않았는데 골목 입구에서
두서넛의 좀비들이 덤벼들었다.

"비켜, 좀팽이들아."

대장이 한 손에 든 해머를 휘둘렀다. 호두알처럼 콰자작 깨어져
나가는 좀비의 머리들. 오토바이는 쓰러진 좀비들을 가볍게 지르
밟아 주었다. 그러곤 다시 맹렬하게 달려 나가기 시작했다.

속도감에 익숙해진 미강도 고개를 쳐들고 전투태세로 돌입했
다. 미강은 끝을 뾰족하게 간 쇠파이프를 손에 들고 대기했다.

"크릉……."

오토바이가 세워진 차들 사이로 가로질러 가는 틈에 별안간 좀비 노인이 튀어나왔다. 팍, 미강이 쇠파이프의 끄트머리로 그의 눈을 찔렀다.

좀비노인이 쓰러지는 모습을 확인한 후, 미강이 말했다.

"뒤는 내가 맡을게. 형은 운전에만 집중해."

"땡큐!"

대장이 소리쳤다.

부아아앙.

대장은 오토바이의 가속 페달을 끝까지 당겼다. 오토바이는 종횡무진 달려가기 시작했다. 기괴한 광경이었다. 차들의 무덤을 헤치고 나가는 오토바이. 그리고 그 위에 위태롭게 앉은 십대의 아이들.

한참 달아오른 오토바이의 엔진과 바퀴 소리가 오후의 침묵을 깼다. 때때로 몽롱한 잠에서 깬 좀비들이 두 손을 뻗으며 다가왔다. 그러나 그들이 오토바이를 막아설 때마다 파멸의 소리가 울려퍼졌다. 좀비들은 나자빠져 뒹굴었다. 도로 위로 쌓인 사체들 위로, 새로운 사체들이 쌓여갔다. 오토바이는 앞으로만 달려 나갔다. 시체의 탑을 헤집으며 일어서는 좀비들을 기다려주지 않고서.

*

마침내 뉴그린 쇼핑몰에 도착했다. 미강은 후들거리는 발을 땅으로 내렸다. 추운 날씨에도 불구하고 전신이 땀으로 범벅이었다. 주행과 격전으로 고조된 흥분이 가시지 않았다.

털털털털.

곧이어 룩과 참모도 도착했다. 그들은 입구에 대충 오토바이를 세우고서 서둘러 안으로 들어갔다. 오토바이 소음을 듣고서 좀비들이 언제 들이닥칠지도 몰랐기 때문이다.

아이들은 2층으로 달음박질치며 올라갔다. 적당한 옷부터 찾아 입은 다음에 식량을 확보할 예정이었다. 짜기라도 한 듯, 모두들 고가의 아웃도어 브랜드 매장으로 들어갔다. 비록 위기 상황이라도 촌티 날리는 싸구려 옷은 입기가 싫은 게다. 게다가 공짜가 아닌가. 온 김에 제일 비싼 것들로 고를 생각이었다. 목숨 바쳐 왔는데 그 정도의 보상은 있어야 한다.

"이거 어때?"

참모가 녹색의 등산용 점퍼를 꺼내 흔들었다. 가격표를 보고서 제일 비싼 물건을 고른 것이다. 미강은 지체 없이 검은색 패딩을 고른 뒤, 즉시 껴입었다. 가출을 한 뒤로 멋 따위는 포기한 지 오래. 사이즈만 맞으면 크게 상관없었다. 본인의 옷을 해결하자, 미강은 여자 옷 코너로 발길을 돌렸다.

"미강 오빠, 제발 예쁜 걸로 갖다줘, 응?"

레몬이 미강에게 신신당부를 했기 때문이었다. 요즘 레몬은 쇠꼬챙이마냥 말라가는 중. 그래도 초등학생치고는 키가 큰 편이라 아동용은 건너뛰었다. 여성용 중에서 가장 작은 사이즈면 얼추 될 듯했다. 눈에 띄는 오렌지색의 패딩을 하나 들고서 미강이 이리저리 재어보았다.

"너랑 잘 어울리는걸."

미강은 별안간 날아든 룩의 목소리에 당황하며 옷을 내려놓았다. 그는 청록색 패딩을 입고 있었다. 진한 채도의 색깔이 그의 건강한 피부색과 잘 매치되었다.

"내 거 아냐. 눈 크게 뜨고 봐. 이건 여성용이라고. 레몬에게 갖다줄 거야."

"네가 입어도 어울리겠는데……. 아깝네."

그 말에 발끈한 미강. 룩에게 으르렁거렸다.

"뭐야, 헛소리 집어치워. 나보고 지금 여자 옷을 입으라는 거야? 내 키가 작다고 놀리는 거야?"

"놀리기는. 주황색이 너한테 잘 어울려서 하는 소리야. 너는 얼굴이 하얗잖아."

룩은 물끄러미 미강을 응시했다. 더없이 진지한 그의 눈빛에 미강이 당황하기 시작했다.

"동정은 그만둬. 너 같은 녀석한테 그런 얘기 듣고 싶지 않아. 나도 내가 작고 약한 건 알거든."

"미강이 네가 약해? 그럴 리가!"

룩은 두 손바닥을 펴 보이며 화해의 표시를 보냈다. 미강은 룩에게 무슨 대답을 해야 할지 몰라서 잠시 허둥댔다.

그때.

룩의 눈빛에 긴장감이 돌기 시작했다.

"쉿!"

갑자기 그는 미강의 어깨를 눌러 앉혔다. 자신도 엉거주춤 바닥에 앉았다. 미강은 이유를 물으려다가 그만두었다. 얼마 못 가서 거친 발자국 소리와 신음 소리를 들은 것이다.

"크륵!"

좀비가 나타났다.

'한 놈인 것 같으니까 빨리 때려죽이고 뜨자.'

미강이 룩에게 눈짓을 보냈다. 그런데 룩의 표정이 심각하게 일그러졌다. 그는 고개를 절레절레 저었다.

'한 놈이 아니야? 그럼 몇 놈인데?'

미강의 시선에 룩이 오른쪽 손을 들었다. 그리고 손가락을 하나씩 올려 세웠다. 차례로 일어나는 검지, 중지, 약지, 그리고 새끼손가락. 엄지손가락을 세우지 않는 게 그나마 다행일까.

네 마리!

그것뿐만이 아니었다. 이번에는 룩이 입술을 동그랗게 오므렸다 폈다.

'핑……구? 아, 핑크!'

룩의 입술 모양을 읽다 말고 미강의 안색이 백지장이 되었다.

"대장!"

남자 옷 코너에서 참모가 소리쳤다. 그 역시나 다급한 목소리였다. 인간의 목소리에 좀비들이 한꺼번에 고개를 돌렸다.

"크르르륵!"

다다다닥. 바닥을 울리는 뜀박질 소리가 점점 멀어져갔다. 미강의 귀가 멍멍해졌다. 여성의류 코너 주변에서 서성거리던 좀비들까지 모두 남성의류 쪽으로 뛰어가기 시작했다.

"끄아아!"

핑크 떼의 습격에 참모가 비명을 꽥꽥 질렀다. 벌떡 일어서려는 미강을 다시금 눌러앉히는 룩. 그는 차갑게 속삭였다.

"그냥 있어."

"뭐?"

"숨어 있자고. 지금 나가면 개죽음 당할지도 몰라."

"무슨 소리야? 저러다 친구들이 다 죽어. 어서 가서 도와줘야지!"

"친구? 나는 아직 모르겠는데……."

룩의 눈빛은 싸늘하게 식어 있었다.

"나쁜 새끼. 그럼 나도 보내줘. 네 친구도 아니라면서 왜 잡아?"

미강은 그를 밀치고 일어섰다. 그 즉시 전속력으로 뛰기 시작했다. 미강은 룩에 대한 실망감과 핑크들에 대한 두려움으로 정신이 혼미해졌다. 그렇지만 이성보다 육체가 더 빨랐다. 미강은 대장과 참모를 배신할 수가 없었다. 싫든 좋든 6개월 동안이나 함께 살아온 동료가 아니던가. 미강이 도착했을 때, 대장과 참모는 한창 격전 중이었다. 둘은 서부 개척시대의 총잡이들 마냥 양손에 해머와 쇠파이프를 쳐들고 서로의 등을 댄 채 빙빙 돌았다. 세 마리의 핑크가 둘을 에워쌌다. 원은 점점 좁혀들고 있었다. 나머지 한 명의 핑크가 풀쩍 둘의 머리 위로 뛰어들 찰나, 미강이 빽 소리를 질렀다.

"조심해. 위야!"

쾅. 대장의 해머가 날아오른 핑크의 머리통을 깨부쉈다. 그게 전쟁의 시작이었다.

"크르륵."

두 마리의 핑크가 대장에게 달려드는 동시에, 나머지 한 마리의 핑크가 방향을 틀어 미강에게 달려들었다. 한쪽 어깨가 쭉 빠져서 덜렁거리는 소녀의 모습이었다. 옛날에는 사과 같은 볼에 귀여웠을 소녀였겠지만, 지금은 한 마리의 괴물에 지나지 않았다. 소녀 핑크의 속도는 엄청나게 빨랐다. 미강은 놀라서 그만 얼이 빠졌다.

퍽.

미강의 눈앞에서 소녀 핑크의 머리통이 두 쪽으로 쩍 갈라졌다. 붉은 피가 꽃다발처럼 피어올랐다가 산산이 흩어졌다.

"정신 차려!"

룩이 소방용 도끼를 들고 서 있었다.

미강이 어버버거리는 중에도, 그는 얼굴에 튄 피를 닦을 새도 없이 돌아서서 대장을 도우러 갔다.

*

한참 후에야 작은 전쟁이 끝이 났다. 승리는 옥탑방 아이들의 것이었다.

"후하……."

대장이 거칠게 숨을 몰아쉬었다.

"살았다. 진짜 죽는 줄 알았다고. 이걸 안 입었으면 어쩔 뻔했어."

참모가 한쪽 소매를 들었다. 겨울 패딩의 소매가 찢어져 하얀색 오리털이 풀풀 날렸다. 격투 중에 핑크 중 하나가 그를 할퀴었던 것이다. 때맞춰 입고 있던 두꺼운 패딩이 그를 살렸다. 네 명의 핑크들은 중학생이나 되었을까. 죄다 덩치가 작은 아이들이었다. 저

번에 마주친 핑크들만큼 세지 않은 게 천만다행이다.

"고맙다. 너 아니었으면 힘들었을 거다."

대장이 룩의 어깨를 두들겼다. 룩은 아무렇지 않게 응수하며 넉살스럽게 웃었다.

"뭘. 우린 한솥밥 먹는 친구잖아, 형."

어이가 없어진 미강, 그만 아무 말도 못하고 합죽이가 되어버렸다.

마하 세븐

대장은 소형 팬히터 두 대와 포대 자루에 넣은 식량들을 오토바이 뒤에 실었다. 참모도 망가진 옷을 버리고 새 패딩을 찾아 입은 상태였다. 대장이 시동을 켰다. 그러자 참모가 홀쩍, 뒷좌석에 올랐다. 룩과 미강은 계속해서 나머지 짐을 룩의 오토바이에 싣고 있는 중이었다.

"너는 저기 타. 나는 미강이를 태울……."

대장이 참모에게 눈살을 찌푸릴 때였다.

"크허억!"

좀비 하나가 괴성을 지르며 등장했다. 쇼핑몰 입구에서 두 다리를 각도기마냥 넓게 벌리고 선 좀비. 그를 보고 대장의 눈이 휘둥그레졌다. 핑크색 눈빛 외에도 그 좀비는 좀 더 특별했기 때문이다. 키가 2미터 정도로 큰 데다, 팔다리가 거미다리같이 길었다. 룩이 다급하게 소리쳤다.

"대장, 출발해! 저놈은 그냥 핑크들이랑은 차원이 달라. 저놈한테는 못 이기니까 전속력으로 달려! 우리도 바로 따라붙을게!"

"알았어!"

부르르릉. 허겁지겁 대장이 시동을 걸었다.

"크아아아!"

껑다리 좀비는 괴성을 지르면서 달려들었다. 대장의 오토바이는 아슬아슬, 그를 지나쳐가는 데 성공했다. 좀비는 좌절하지 않고, 방향을 바꿔 룩의 오토바이로 달려들었다. 그는 기다란 팔로 오토바이의 꽁무니를 후려쳤다.

콰당.

오토바이가 쓰러졌다. 룩과 미강은 졸지에 땅바닥으로 떨어져버렸다. 룩이 오뚝이처럼 재빨리 일어서며 말했다.

"뛰어!"

덥석, 그는 나동그라져 있는 미강의 손을 부여잡고 달리기 시작했다. 뉴그린 쇼핑몰 안으로.

*

껑다리 좀비를 피해 맹목적으로 뛰기를 10여 분. 미강의 심장이 아릿한 고통을 호소했다. 숨이 기도까지 차올랐다. 이제 5층짜리 쇼핑몰은 거대한 미로로 변했다. 술래는 물론 그 껑다리 좀비였다.

"후하, 더는 못 가."

3층에 도착하자마자 미강의 다리가 파르르 풀렸다. 어깨너머로 껑다리 좀비가 에스컬레이터를 풀쩍풀쩍, 뛰어올라오는 모습이 보였다. 한 번에 몇 계단씩 말이다.

미간을 좁히던 룩은 늘어진 미강의 몸을 질질 끌다시피 해서 구석으로 데려갔다. 위기였다. 숨을 시간이 턱없이 부족했다. 두 사람은 줄줄이 걸린 옷들 뒤로 일단 몸을 엎드렸다.

"크르륵."

좀비가 휘적대며 걸어 다니고 있었다. 어느 틈에 행거가 와르르 무너지면서 걸린 옷들이 바닥으로 쏟렸다. 그놈이 신경질적으로 행거를 쳐낸 것이다. 미강은 괴물의 행동거지를 관찰하기 위해 손가락으로 행거에 걸린 옷들을 비집어 열어서 틈을 만들었다.

거미 괴물은 역시 핑크족의 일원인 듯했다. 예쁘게 빛나는 핑크 빛 두 눈동자와 갸름한 얼굴. 섬뜩하면서도 앳된 소년의 얼굴이었다. 또한 그것은 유례없이 포악했다. 이제껏 미강이 보았던 좀비들

중에서도 제일 기이한 좀비였다. 가장 크고, 가장 기형적으로 사지가 길며, 제일 민첩하고, 또한 최고로 힘이 셌다. 그리고 지금까지만난 좀비 중에서 가장 끈질겼다. 그 사실을 룩은 이미 알고 있었다. 그는 예전에 꺽다리 핑크 좀비를 만난 적이 있었기 때문이다. 좀비화가 진행되어 부패한 얼굴은 다 거기서 거기라, 룩이 만났던좀비와 쇼핑몰의 좀비가 같다고 확신할 수는 없었지만 말이다.

그렇다 해도 룩은 저것이 예전에 마주쳤던 그 꺽다리 좀비라고믿었다. 룩은 식량을 찾으러 나선 중에 이 좀비를 만났다. 그때, 다행히도 지나가던 군인들이 그를 구해주었다. 하지만 무슨 짓을 해도 이 꺽다리 좀비만은 죽일 수가 없었다. 그것은 군인들이 쏜 총알도 전부 피해버리곤 했다. 꺽다리 좀비는 결국 한 젊은 군인의얼굴을 할퀴고는 도망쳤다. 그가 증발하고 남은 건 인간들의 비극뿐. 얼굴에 상처를 입은 군인은 전우들의 총으로 즉각 사살되었다.

룩은 군인들을 따라가지 않고 다시 집에 돌아가 처박히는 쪽을택했다. 군인들의 언행이 상당히 거칠었기 때문이다. 잠시 그를 챙겨주는 척하다가, 나중에는 노예처럼 부릴지도 모를 일이었다. 무엇보다 룩은 남에게 말하지 못할 비밀 하나를 가지고 있었다. 세상이 멸망해가는 때에 무슨 비밀 타령이냐고 하겠지만. 룩은 사람들과 섞여 있는 게 불편했고, 그 비밀이 탄로 나는 게 두려웠다. 친절한 사람들도 그의 정체를 알면 증오심을 드러낼 게 분명했기 때문이다.

돌연, 껑다리 좀비가 사라졌다.

'어라?'

미강이 눈을 잠시 감았다 뜨자 곧 옷 틈새로 핑크빛 보석이 눈에 들어왔다. 핑크빛 원 안에 붉은 원이 겹쳐져 있었다. 핑크빛 보석에 감탄한 미강이 꼭 예쁜 조명등이나 알사탕 같다는 생각을 할 찰나였다. 핑크빛이 스르륵 옆으로 이동했다.

'그놈이구나!'

미강의 등줄기에 소름이 오소소 돋았다.

그것은 행거 뒤편에 있었다. 불과 몇 미터나 될까 말까 하는 거리 안에. 미강과 껑다리 좀비는 솜털처럼 가볍다는 수십 개의 패딩들을 중간에 두고서 대립하고 있었다.

미강의 잔 숨에서는 단내가 풍기기 시작했다. 좀비의 입에서는 썩은 도랑 냄새가 났다. 옷들 사이로 두 개의 숨소리만 규칙적으로 들락거렸다.

미강은 함부로 입을 열 수도 닫을 수도 없었다. 행여나 그 균형을 깨게 될까 봐서 말이다. 좀비가 꿈뻑, 눈을 한 번 감았다 떴다. 그 순간을 놓치지 않고 미강이 손에 든 분무기를 핑크빛 원을 겨냥해서 힘차게 눌렀다.

치이이익.

통 안에 담겨 있던 락스가 핑크빛 다트 판의 중앙으로 분사되었다.

"키에에엑!"

괴물이 왼쪽 눈을 부여잡고서 떼굴떼굴 구르기 시작했다. 그의 긴 팔과 긴 다리가 엉키며 주변의 행거들을 쓸었다. 쿠당탕탕탕. 행거들이 서로를 기대며 도미노처럼 쓰러져나갔다.

"지금이야!"

룩은 미강의 손을 잡아당겨 발딱 일으켜 세우고는 전속력으로 뛰기 시작했다. 괴물 좀비는 여전히 발버둥을 치며 바닥을 뒹굴었다. 미강과 룩은 손을 잡은 채로 계속해서 달렸다. 그러나 그대로 쇼핑몰의 출구로 나가는 건 불가능했다. 이미 1층 로비에 좀비들이 쫙 깔렸다. 평범한 좀비들이라 해도 머릿수가 상당했다.

"하아, 위로 올라가자."

룩이 한탄하며 몸을 돌렸다. 두 사람은 도중에 멈추지 않고 위층으로, 위층으로 올라갔다. 벌써 정상시력을 되찾고 활동을 재개했을지도 모를 껑다리 좀비를 피하기 위해서였다. 우선은 껑다리 좀비가 있는 1층에서 최대한 멀리 떨어져야 했다. 5층에 도착하자 미강이 크게 숨을 내쉬었다. 확실히 오늘은 운 좋은 날이 아닌 듯. 5층에도 여러 마리의 좀비들이 배회하고 있는 중이었다. 다행히 그중에 핑크 좀비는 없었다. 그렇다고 해도 좀비들과 전투를 벌이기는 체력 소모가 컸다. 숨을 곳이 간절해졌다.

"크륵!"

한 좀비가 사람 냄새를 맡고서 비호같이 달려들었다.

미강은 좀비를 피해 몸을 숙였다. 룩도 바닥에 납작 엎드렸다. 그는 엉금엉금 바닥을 기어가기 시작했다. 그러고는 미강에게 따라오라는 손짓을 날렸다. 목적지는 이벤트 홀 구석에 위치한 피팅룸이었다. 피팅룸의 문은 활짝 열린 상태. 미강은 가뭄의 단비를 만난 듯 기뻤다. 마치 문이 어서 들어오라며 손짓하는 것처럼 보였다.

문까지 대략 10미터 거리였다. 미강이 포복을 시작할 즈음, 민첩한 룩은 벌써 피팅룸에 도착했다. 그는 피팅룸 안으로 쏙 들어가서 열심히 손을 흔들었다. 이윽고 미강도 피팅룸에 도착하자마자, 룩은 문의 소리를 죽이며 닫았다. 문고리까지 잠그고서야 그는 벽에 기대며 피팅룸 바닥에 미끄러지듯 앉았다. 미강 또한 룩과 똑같은 포즈로 몸을 뉘었다.

좁고 답답한 직사각형의 피팅룸 안에는 목마른 정적만이 흘렀다. 두 사람은 입을 열려고 하지 않았다. 바늘이 떨어지는 소리조차 치명적이 될 것이라는 것을 알고 있기 때문이다. 미강의 오른쪽 어깨와 룩의 왼쪽 어깨가 겹쳐졌다. 툭툭. 별안간 룩이 손바닥으로 자신의 어깨를 쳤다. 기대고 싶으면 기대라는 표시였다. 미강은 싱긋 웃으며 도리질 쳤다. 그에게 부담을 주고 싶지는 않았다.

퉁!

갑자기 피팅룸 문이 흔들렸다. 무엇인가 세게 부딪힌 것이다. 미강과 룩은 깜짝 놀라서 서로를 마주 보았다.

"크르."

피팅룸 문 바로 뒤에 좀비가 있었다. 눈이 보이지 않는 좀비가 걸어가다 문에 부딪혔을 뿐이었을까. 문을 억지로 열려는 시도는 하지 않았다.

'걱정 마. 괜찮을 거야.'

룩이 입을 크게 벌렸다 닫았다.

'걱정 안 해.'

미강도 입술을 조물조물 움직여 화답했다. 소리 없는 대화 끝에 둘은 너나 할 것 없이 웃어버렸다. 하얗고 고른 룩의 이가 드러났다. 미강은 새삼 깨달았다. 룩이 무척이나 잘생긴 소년이라는 사실을.

매일 반복되는 감염자들과의 격전의 나날. 입은 옷은 깨끗할 새가 없었다. 아까 룩이 갈아입은 새 옷도 어느새 땀에 얼룩지고 구겨졌다. 하지만 구겨진 옷 속에서도 그의 준수한 얼굴만은 영롱한 빛을 발했다.

룩은 훤칠한 키에 팔다리가 길어 몸의 비율이 좋았다. 이 와중에도 일자로 잘 자른 손톱들만 보아도 그렇다. 그가 깔끔한 성격

이란 걸 미루어 짐작할 수 있다. 무엇보다 그의 맑은 갈색 눈동자
는 선명하고 밝았다. 확고한 의지를 잘 담아내는 눈이었다.

'왜?'

룩이 입술을 움직였다. 미강의 시선을 깨달은 것이다.

'그냥.'

황급히 시선을 내리까는 미강. 미강은 벌겋게 달아오른 뺨에 손
으로 파닥파닥 부채질까지 했다. 한 번 의식하자 둘 사이의 긴장
감이 가파르게 고조되었다.

시간은 유유히 흘러갔다. 미강의 고개가 기울더니 룩의 어깨 위
로 툭 떨어졌다. 룩은 자꾸만 앞으로 쏠리는 미강의 머리통을 자
신의 어깨 위로 잡아 올려 최대한 편안하게 만들어주었다. 룩은
미강의 머리 위에 자연스레 본인의 머리를 얹었다. 그러곤 두 눈
을 살짝 감았다.

"크륵."

바깥은 변함이 없었다. 감염자들이 돌아다니며 먹잇감을 찾고
있었다. 이 문을 열고 나가면 잔인한 죽음이 그들을 기다리고 있
을 지도 모른다. 그럴지라도 좁은 피팅룸 안은 평화로웠다. 룩은
잠시나마 이 평화를 지키고 싶었다.

*

"일어나."

룩이 어깨를 흔들었다. 미강이 몸을 떨며 잠에서 깨어났다.

'아, 피팅룸 안이었지?'

미강은 불편하게 굽은 허리를 펴면서 다시 현실을 자각했다.

"밖에 아무 소리도 안 들려. 일단 나가자."

찰칵.

룩은 망설임 없이 문을 열었다. 그는 푹 잠이 든 미강과는 달리 일찍 깨어났다. 그 뒤로 밖의 동태를 계속 살펴온 터였다. 그의 판단은 정확했다. 밖에는 아무도 없었다.

"해가 완전히 졌어. 얼른 돌아가야겠어."

미강도 깜짝 놀라 서두르기 시작한다. 유리창에서 들어오는 빛은 이미 없다시피 했다. 미강과 룩은 급한 걸음으로 쇼핑몰 입구로 빠져나가기 시작했다.

그때였다.

위이이이잉.

사이렌 소리가 세상을 파괴하기 시작했다.

"틀렸어."

그제서야 손목시계를 확인하고는 룩이 미간을 찌푸렸다. 정각

8시, 통금 시간에 걸렸다. 미강은 입구에 어정쩡하게 섰던 발을 슬금슬금 거두었다.

"도저히 무리야. 사이렌이 울리기 시작했으니 곧 그것들이 개 떼처럼 몰려올 거야. 오늘 밤은 어디든 숨어 있다가, 새벽에 돌아가야겠어."

*

고심 끝에 되돌아온 곳은 5층이었다. 룩은 난색을 하며 적당한 장소를 물색했다. 다시 좁은 피팅룸 안에 들어가기는 꺼려졌다. 감염자들의 눈을 피할 수 있으면서도, 두 다리를 뻗을 수 있는 안락한 공간이 필요했다.

"아, 좋은 곳이 있어."

"어디?"

"일단 따라와 봐."

미강이 한쪽 눈을 찡긋하며 말했다.

곧 그들이 도착한 곳은 유아용품 코너였다. 미강은 유아용품 코너를 빙 돌더니 안쪽으로 쑥 들어갔다. 그러자 문이 하나 더 나왔다. 룩은 문에 박힌 팻말을 소리 내어 읽었다.

"유아 휴게실?"

미강이 해맑게 미소 지었다.

"안에 더 좋은 데가 있어. 따라 들어와 봐."

그러더니 유아 휴게실 안으로 쏙 들어가는 미강. 또 작은 방 하
나가 나왔다. 수유실이었다. 미강이 경쾌한 발걸음으로 수유실로
들어갔다. 사각형 방 안에 팔걸이가 있는 안락의자 두 개와 침대
가 놓여 있었다. 수유실은 대체적으로 깨끗했다. 오래된 수유베개
와 쿠션, 이불 등은 두터운 먼지가 쌓여 있었지만 최소한 핏자국
은 없었다.

수유실로 들어오자 둘은 엄마 뱃속에 있는 태아처럼 안정되었
다. 과연, 그래서 '수유실'일지도 몰랐다. 문단속을 한 후, 룩이 커
다란 안락의자에 몸을 던져 넣었다.

"휴우……. 근데 넌 여길 어떻게 알았어?"

습관처럼 목소리를 낮추긴 했으나, 한결 안심한 어투였다.

"이모랑 전에 와 본 적 있어. 조카 기저귀 가느라고 들렀었거든."

"그랬구나."

꼬르르륵. 미강이 겸연쩍어하며 배를 감싸 쥐었다.

"배고프다. 뱃가죽이 등이랑 들러붙겠는걸."

룩도 너스레를 떨며 몸을 젖혔다. 미강은 항상 가방 안에 넣고
다니는 비상식량이 생각나 가방을 뒤적이기 시작했다.

"초콜릿 좀 줄까?"

"나도 비상식량을 가지고 다니거든. 기다려봐."

가져온 가방을 열심히 뒤적이다 말고. 룩이 환호성을 질렀다.

"역시."

그가 기뻐하며 꺼낸 든 것은 건빵 한 봉지였다. 건빵봉지는 베개마냥 납작했다. 봉지 안에 자잘한 부스러기들뿐이었다.

"잠깐만."

룩은 종이컵을 꺼내어 수유실 세면대에서 수돗물을 받아왔다. 그는 코를 킁킁거렸다.

"괜찮은걸. 이상한 냄새는 안 나. 마셔도 될 것 같아."

부스럭, 부스럭. 둘은 건빵과 초콜릿, 그리고 약간의 물을 테이블에 올려두고 나누어 먹기 시작했다. 건빵이 밥, 초콜릿은 반찬, 투명한 수돗물은 국이었다. 조촐했지만 나무랄 데 없는 식사였다. 오히려 진수성찬에 가까웠다.

"건빵 한 조각을 먹을 때마다 물 한 모금을 마셔줘. 그럼 위장에서 건빵이 확 불거든. 배가 빵빵해지지."

룩이 건빵을 먹는 순서를 읊어주었다. 건빵 먹는 방법까지 진지하게 가르쳐주려는 그가 신기했다. 그래서 미강은 그를 황망하게 흘겨보았다.

"됐거든. 물배 채울 생각 없으니까 너나 실컷 해."

"자식, 까칠하기는."

콰작. 룩은 건빵 덩어리 하나를 앞니로 쪼개면서 피식 웃었다.

"그나저나 대장이 걱정하겠는걸?"

"걱정? 안 해. 우리가 죽은 줄 알고 포기할진 몰라도."

룩은 냉한 미강의 말에 눈을 치켜떴다.

"말이 왜 삐딱해? 아까도 대장 구하겠다며 튀어나간 사람이 누군데 그래? 그리고 대장도 툭하면 한 가족이라며 부르짖잖아."

"아, 그 염병할 가족 말이지."

미강은 마지막 초콜릿 조각을 입 안에 털어 넣었다. 쓸쓸하고 공허한 눈빛이었다.

*

다음 날 이른 새벽. 어슴푸레하게 동이 튼 시각이었다.

수유실에서 밤을 지낸 미강과 룩이 쇼핑몰 입구로 걸어 나왔다. 그들은 입구에 버려둔 오토바이부터 찾았다. 어렵게 모은 식료품들과 물건들은 그대로 땅바닥에 패대기쳐진 채였다. 그런데 치명적인 문제가 생겼다. 원래부터 낡은 고물이었던 오토바이가 껑다리 좀비의 일격으로 완전히 박살이 난 것이다.

난감해진 미강이 룩에게 물었다.

"어쩌지? 짐 때문에 걸어서는 못 가잖아."

"저걸 타자."

룩이 가리킨 건 1층 로비의 홀이었다.

"안에 뭐가 있어?"

"못 봤구나? 가자."

다시 로비로. 룩은 쏜살같이 뛰어 들어갔다.

미강의 눈동자가 커졌다. 난장판이 된 홀에 생뚱맞은 물건이 세워져 있었기 때문이다. 어제 룩이 타고 온 오토바이와는 비교도 불가능한 훌륭한 오토바이가 한 대 있었다. 누군가 이 오토바이를 탄 채 안까지 밀고 들어온 것일까? 지금으로서는 확인할 수 없는 추측이지만, 이유야 어떻든 미강은 깜짝 선물에 기쁠 따름이었다.

까만 칠로 도포하고 펄 가루를 뿌린 듯 광채가 나는 오토바이. 마치 나는 몸값이 비싸다고, 온몸으로 시위를 하는 모양새다. 이 무시무시한 오토바이가 시동만 걸린다면 무서울 게 없으리라.

"마하 세븐?"

미강이 오토바이의 몸통에 새겨진 영어 로고를 읽어 내렸다.

"생긴 건 할리데이비슨 스타일인데, 이름은…… 마하 세븐이군. 튜닝을 얼마나 했기에 이래? 그래 봐야 오토바이니까 마하로 달리지는 못할 거야. 일곱 명은 태울 수 있을지도 모르지만. 봐!"

룩은 툭툭, 오토바이의 여기저기를 건드려보며 농담을 던졌다. 고급 가죽으로 장식된 좌석시트가 굉장히 길고, 딱정벌레의 등딱

지처럼 반질반질했다.

"치, 마하로 달리지도 못하는데 무슨 마하야. 그러면 '노' 마하 세븐이라 불러야지. 그냥 세븐이라든가. 그 패딩 상표는 또 왜 노 페이스래? 이름을 잘못 지어도 한참 잘못 지었어. 얼굴이 없다니 대체 무슨 의미겠어."

미강이 룩이 입은 패딩을 가리켰다. 둘 다 어제 쇼핑몰에서 건진 패딩을 입고 있었다.

"내가 어떻게 알아? 그건 그 회사에 물어봐야지. 아, 벌써 망하고 없지. 진짜 노 페이스가 되어버렸군."

"푸흡!"

농담 따 먹기를 하면서 두 사람은 마주 보며 웃고 말았다. 겨울만 되면 반 아이들이 경쟁하듯 이 회사 점퍼를 얻어 입기 위해서 부모들을 조르던 일이 기억난 것이다.

고가의 패딩 잠바. 인기가 실로 대단했다. 어쩌다 가장 비싼 점퍼를 사 입고 온 아이는 그날 하루 종일 개선장군이라도 되는 양 목을 쭉 빼고 다녔다. 지금 생각해보면 코미디가 따로 없는 일이다.

불행하게도 미강은 그런 유행에 편승해 볼 기회조차 없었다. 엄마가 절대 용납하지 않았기 때문이다. 한번은 미강도 고가의 점퍼를 사달라고 조른 적이 있었다. 그러자 언제나 그렇듯 엄마의 독설이 작렬했다.

"애는 애답게 커야지. 비싼 잠바 입으면 너까지 비싸진대니? 휴대폰에 잠바에, 운동화에…… 해달라는 게 뭐가 그리 많아? 엄마 힘든 건 안 보여? 네 머릿속에는 허영만 찼구나! 지안이를 좀 봐. 지안이는 엄마가 사주는 대로 군말 없이 입잖니!"

지금도 귀를 기울이면 어디선가 엄마의 호통이 귓가에 쩌렁쩌렁 울리는 듯하다. 그럴 때면 지안은 무서운 엄마의 눈치를 보면서 미강을 뜯어말렸다.

"엄마 말이 맞아. 우리 형편에 그런 걸 어떻게 입어? 미강이 너는 너무 네 생각밖에 안 해."

때리는 시어미보다 말리는 시누이가 더 밉다더니. 그럴 때마다 미강의 절망감은 하늘을 찔렀다. 새침하게 훈계하는 지안이의 목을 졸라버리고 싶은 충동까지 들었다.

"왜 나만 갖고 그래? 다 미워!"

그래 봐야 미강은 막말을 퍼부으며 집을 뛰쳐나가는 게 고작이었다. 갑작스럽게 아빠가 돌아가신 후, 엄마는 항상 먹고살기에 급급했다. 사춘기 열병을 앓는 자식의 고민 따위는 헤아려줄 여유가 없는 생계형 어른이었다. 오직 내일 출근을 하고, 저녁을 먹고 빨래를 돌리는 등의 일상적인 삶을 꾸려가는 일에만 집중했다. 살갑게 자식의 숙제를 챙겨주거나 학교 공개수업에 오는 일 따윈 없었다. 그러다가도 엄마는 미강이 집안일을 돕지 않을 때면 천하의 몹쓸 짓이라도 한 듯 화를 냈다.

　미강은 엄마의 독선과 지안의 소심증이 증오스러웠다. 유일한 가족들인데도 불구하고 아무것도 소통할 수 없었다. 그래서 가출을 감행했다. 아니, 어쩌면 단지 학교에 가기 싫었을 뿐일지도 모른다.

　'집을 꼭 나왔어야 했나?'

　때때로 미강은 스스로 그런 질문을 던지곤 했다. 미강은 늘 모범생과는 거리가 먼 학생이었다. 그렇다고 가출이라니. 좀 생뚱맞은 짓이었다. 아파트 현관을 뛰쳐나올 당시에는 정말 몰랐다. 순간의 충동에 의해서 삶이 엇갈릴 줄은. 그래서 다시는 엄마와 지안이를 만나지 못하게 될지도 모른다는 것도. 아무것도 몰랐다. 두둥실 떠오른 가족 생각에 미강의 이마에 세 줄 주름이 잡혔다. 룩이 멀뚱하게 말했다.

　"슬슬 출발해볼까?"

　"열쇠가 없는걸."

　"오토바이 주인은 찾았어."

　룩이 한 시체를 가리켰다. 그 시체는 갈색의 라이더 재킷을 입고 있어서 눈에 잘 띄었다. 머리에 두른 붉은 스카프와 여기저기 치렁치렁하게 단 장신구들도 요란하기 짝이 없었다.

　"뭐야. 폭주족 아저씨가 아니라 폭주족 할아버지였나?"

룩이 새치가 성성한 시체의 머리를 건드리며 열쇠를 찾기 시작했다. 부패한 시체에서 흘러나오는 악취를 견디며 수고한 보람도 없이, 불행히도 열쇠가 없었다. 룩의 표정이 시무룩해지려는 찰나. 미강이 앞으로 몇 걸음 전진하더니 상반신을 푹 수그렸다.

"혹시 이거……아냐?"

미강이 주워 올린 물건은 커다란 까마귀 인형이 달린 열쇠였다. 라이더가 쓰러지면서 열쇠가 저만치 굴러떨어진 모양이었다.

"땡큐!"

룩은 세상을 다 가진 것처럼 환하게 웃었다.

'윽, 웃지 마. 진짜 정든단 말이야.'

머쓱해진 미강이 시선을 피했다.

얼마 뒤. 두 사람은 오토바이 헬멧까지 찾아내어 꼼꼼하게 갖춰 썼다. 당연한 듯 룩이 마하 세븐의 앞자리를 차지했다. 미강은 그의 뒤에 바싹 붙어 앉았다. 출발 직전, 룩은 붕 뜬 목소리로 충고했다.

"꼭 잡아. 나도 이렇게 큰 오토바이는 처음 몰거든. 날 믿지 말라고. 혹시 오토바이가 쓰러지면 졸라게 뛰어야 해."

"야, 그 말을 왜 이제 해? 무서우면 자리 바꿔. 내가 몰 테니까."

"아서라. 아무리 그래도 내가 너보단 나을 거다. 간다!"

부아아아앙.

대지를 가르는 굉음과 요동에 미강의 몸도 앞으로 쏠렸다. 아마 룩의 허리에 매달리지 않았다면 밖으로 튕겨 나갔으리라. 계속되는 요동에 미강의 육체는 심하게 자극을 받았다. 심장이 밖으로 튀어나올 지경이었다. 미강은 은근슬쩍 우려가 되기도 한다. 이 정도 소음이면 십 리 밖 좀비들까지 불러 모으기 충분했기 때문이다.

"와하핫, 시원하다!"

룩이 외치며 속력을 높였다. 산뜻한 새벽 공기가 두 줄의 바람이 되어 옆구리를 쌩쌩 스치고 지나갔다.

'뭐, 대장의 음주 운전보다는 낫겠지.'

차츰 미강의 입가에도 미소가 번지기 시작한다. 두려움과 공포심은 저만치 거리의 시체들에게 던져버리기로 한다.

"진짜 시원해!"

미강이 목청 높여 소리쳤다.

그때였다. 껑다리 좀비가 나타나서 쫓아오기 시작했다. 그놈은 미강과 룩을 포기하고 가버린 게 아니었다. 사라진 먹잇감들이 쇼핑몰 밖으로 기어 나오기만을 아마도 밤새도록 기다렸을 터였다.

"캬아악!"

놈은 오토바이에 탄 아이들을 잡기 위해서 전속력으로 뛰기 시작했다. 껑충껑충, 긴 팔과 긴 다리를 허우적대면서 달려오는 좀비의 모습은 마치 공중곡예를 하는 서커스 단원 같았다. 그 꼴이 우스워 미강의 입이 실룩실룩 비뚤어졌다.

"이거나 먹어라!"

미강은 놈을 향해 힘차게 가운데 중지를 들어올렸다.

꺽다리 좀비가 미강이 한 손짓의 의미를 이해하는지는 알 수 없었다. 그러나 최소한 독이 오른 것만은 확실했다. 꺽다리 좀비가 입에 게거품을 물면서 오토바이의 꽁무니를 잡기 위해 애쓰기 시작했다. 그럼에도 천하의 마하 세븐을 따라잡기는 무리였다. 미강은 목이 꺾이도록 계속 뒤로 시선을 고정시켰다. 점점 하나의 소실점이 되어가는 그것을 지켜보기 위해서.

꺽다리 좀비는 맹목적으로 뛰어오고 있었다. 그 모습이 통쾌하기도 하고, 한편으로는 서글퍼 보이기도 했다. 이때만은 좀비도 살기 위해 발버둥치는 작은 짐승으로 보였다. 좀비는 인간의 살을 뜯어 먹어야 살고, 인간은 짐승의 살을 뜯어 먹어야 한다. 그래야 이 하찮은 목숨이나마 연명할 수 있다. 먹이사슬에서 한 단계 위, 혹은 한 단계 아래일 뿐. 결국 인간과 좀비는 서로의 꼬리를 물고서 돌고 도는 뫼비우스의 띠였다.

좀비들의 출현은 고정화된 먹이사슬의 순서를 바꾸려는 짐승들의 대반란극일지도 모른다. 반란은 혼란을 가져오고, 종국에는 좀비가 새로운 인류로서 지구를 지배할 날이 올지도 모른다.

밑도 끝도 없는 상상을 이어가던 미강의 들떴던 마음은 차츰 차분해졌다. 노여움도 사라졌다. 왜 그날 연해린이 좀비가 되었으며, 왜 좀비들이 지금 인간을 잡아먹고 있는지도. 미강은 왠지 다 납득이 되었다. 구구절절한 설명이나 애틋한 위로 따윈 필요 없는 자연현상으로만 느껴졌다.

포기를 모르는 껑다리가 8차선 도로를 뛰어오고 있었다. 마하 세븐과 두 아이를 죽어라 맹추격하고 있는 그것. 멈춰선 차들을 징검다리처럼 밟으며 쫓아오는 모양이 서커스단을 놓쳐서 홀로 뒤처진 피에로처럼 우스웠다.

'저건 뭐랄까, 인간 거미인가? 아주 인류를 말살시키겠다 작정을 했단 말이지. 이봐요, 좀 적당히 해두라고요. 숨을 구멍은 주고 쫓아야죠.'

문득 미강은 홀린 듯 하늘을 올려다보았다. 그러고는 마음껏 투정을 쏟아냈다.

하늘은 푸르렀다. 동이 미처 다 트지 않은 새벽. 묘하게도 하늘은 푸르고 또 푸르다. 찬란한 태양도 아직 졸고 있는 중이다. 반면 달은 자리를 뺏기지 않으려 발악하는 이때, 그럼에도 하늘은 새큼하게 푸르렀다. 시린 이슬을 머금은 푸른 새벽도 그 나름대로의 운치가 있었다.

"끝내준다아!"

룩의 괴성을 들으면서 미강은 딱딱한 그의 등에 살며시 머리를 기댔다. 빛바랜 도시의 거리를 오롯이 소유한 기쁨, 환희. 소년을 전율하게 만드는 그 모든 감각은 뜨뜻미지근한 체온을 타고서 미강의 몸으로 고스란히 전달되었다.

마하 세븐은 푸른 새벽을 뚫고 달려 나갔다. 무서울 건 없었다. 적어도 새벽을 가르며 달리는 이 순간만큼은.

어쨌거나 핫팬츠

참모와 레몬은 아침부터 옥탑방 건물 입구에서 서성이고 있었다. 그러다 골목에 등장한 친구들의 모습에 기절초풍했다. 미강과 룩이 양손 가득 식량을 들고서 쌩쌩하게 걸어 돌아왔기 때문이다.

마하 세븐은 옆 골목길에 숨겨두고 온 길이었다. 마하 세븐의 유일한 단점인 시끄러운 엔진 소리 때문이었다. 마하 세븐을 가까이까지 타고 왔다간 좀비들까지 한 보따리로 데려오게 될 게 자명했기 때문이다. 오토바이를 세우자마자 좀비들 여럿이 달려들었었다. 둘이서 처치하기에 어렵지 않은 보통의 좀비들이라 그나마 다행이었다. 미강과 룩은 아침 운동이라도 하듯 신나게 쇠파이프를 휘둘렀다.

"어떻게 된 거야?"

"미강 오빠! 죽은 줄 알고 걱정했잖아. 히잉……."

레몬이 슬리퍼를 끌면서 미강에게 안겼다. 눈물을 그렁그렁 매단 소녀의 눈. 진실로 걱정한 표정이었다. 새삼 미강의 가슴이 뭉클해졌다. 자꾸만 자신에게 들러붙는 레몬이 성가셔서 일부러 모진 말들을 쏟아 놓을 때도 많았다. 하지만 지금은 레몬의 환대가 반가웠다. 어느덧 막내 레몬에게 그만큼 정이 들었나 싶었다.

한편, 대장은 옥탑방에서 그들을 기다리고 있었다.

"어떻게 된 거야? 설명부터 해 봐."

대장의 목소리는 상한 젤리처럼 굳어 있었다.

"그 껑다리 좀비 때문에 죽을 뻔했어. 하필 사이렌까지 울려서 쇼핑몰에 계속 숨어 있다 온 거고."

대장은 인상을 풀지 않았다. 룩의 답변이 마음에 들지 않는 게다. 룩은 모르는 척 제 할 말만 했다.

"형도 조심해. 그놈은 달라. 그건 그냥 핑크도 아니고 괴물이야. 싸워서 좋을 게 하나 없으니까 싸우려 들지 말고 피해. 피하는 것도 전법이니까."

"그래 봐야 날파리가 꼬이는 시체라고 했잖아. 아직도 모르냐? 이 세상에 사람보다 더 무서운 건 없어."

대장은 팔짱을 끼며 룩을 노려보았다.

"어쨌든 난 좀 잘게. 그 징그러운 놈 때문에 수면 부족이라."

룩은 윙크를 찡긋 날리고서 방으로 들어가버렸다. 그가 지금 피하고 싶은 건, 좀비가 아니라 대장이었다.

대장의 매서운 눈초리는 어느덧 문간에 선 미강에게로 방향을 바꾸었다.

미강은 생수와 식량이 든 짐을 내려놓는 데 집중하면서, 속으로는 한숨을 다잡았다. 마하 세븐을 탈 때의 시원함은 이미 공기 중으로 뿔뿔이 흩어졌다. 낡은 옥탑방으로 돌아오니 현실적 무게감이 가슴을 짓눌렀다. 아마도 이 무게감은 사라지지 않을 것이다. 옥탑방을 떠나거나, 미강이 죽어버리기 전에는. 혹은, 남은 인류까지 모조리 멸종하기 전까지는 사라지지 않을 것이다.

'가슴이 답답해. 답답증이 나으려면 얼마나 기다려야 하려나? 매일매일 조금씩 멸망해가고 있으니까, 곧……'

그 생각을 하니 도리어 기분이 나아졌다. 내일까지 마감인 숙제가 하기 싫을 때. 내일부터 기말시험이 시작될 때. 그냥 무작정 학교 가는 게 싫을 때. 바로 그 순간! '내일 학교에 불이 날지도 몰라' 하는 발칙한 상상을 하면 추락했던 기분도 조금은 좋아지는 법이다. 마치 게을러져도 되는 면책권을 받은 기분이랄까. 미강의 기분이 딱 그랬다. 종말을 떠올리니 역으로 기분이 좋아졌다. 살아 있다는 게 실감이 났다.

'어차피 죽을 건데 뭐 어때. 오늘 죽나, 온갖 고생 다 하고 두 달 뒤에 죽나. 죽긴 죽을 거잖아. 나 혹시 지금 바보짓을 하고 있는 건가? 그냥 걸어 나가서 뜯겨줄까? 아저씨 좀비보다는 예쁜 핑크를 찾아서 물려주는 편이 나으려나?'

"어째 너 좋아 보인다? 저 자식이랑은 쿵짝이 잘 맞는다 이거지?"

별안간 대장의 비아냥거림이 날아들었다. 미강은 그의 성격을 알기에 묵묵히 있었다. 괜히 대들었다간 욕만 진탕 얻어먹으리라.

"나는 저놈 안 믿어. 속을 알 수 없는 놈이야. 너도 대충대충 친한 척만 해. 정말 친한 줄 알고 헤헤거렸다간 나중에 큰 코 다친다. 아 참, 귀중품도 숨겨놔."

갑자기 미강이 배를 잡고 웃기 시작했다.

"귀중품? 푸하핫!"

"이게 미쳤나? 왜 웃고 지랄이야?"

웃을 수밖에 없는 이유는, 미강에게는 귀중품이랄 게 아무것도 없었기 때문이다. 맨몸으로 집을 나왔다. 스마트폰이 있지만 가출한 후 전화요금을 못 내서 바로 끊겼다. 알바를 구한 뒤 요금을 내고 휴대폰부터 살리리라는 장대한 목표를 세웠다. 그러나 이젠 그것도 기약이 없어졌다. 통신도 끊겼고, 뭣보다 전화를 할 대상이 없잖은가. 엄마와 지안이는 새총에 맞은 좀비처럼 미강의 인생에서 영원히 튕겨나가 버렸으니까.

"푸훗……."

"그만 웃어."

대장의 핀잔에도 미강은 웃음을 멈추지 못했다. 그는 못마땅한
눈빛이었다. 한편으로는 당황스러운 눈빛이었다. 어째서인지, 대
장의 눈은 말 안 듣는 자식을 바라보는 엄마의 눈과 닮아 있었다.

*

며칠 뒤.

문어가 불쑥 옥탑방을 찾아왔다. 여자 친구인 수현만을 데리고
서. 마르고 키만 삐죽이 컸던 문어는 시간이 흐를수록 근육질의
마초맨이 되어가는 중이었다. 양팔과 목둘레에 두드러지게 근육
이 붙었다. 강도 높은 웨이트 트레이닝이라도 하는 것 같았다. 혹
은 좀비들이 핑크가 되는 것처럼 문어도 진화의 단계를 착착 밟아
가고 있는지도 모른다는 생각이 들었다.

수현은 불과 열다섯의 여자아이다. 문어가 보살피던 아이들 중
하나였다. 문어는 여자애들 중에서 제일 예쁜 수현을 여자 친구로
삼았다.

수현은 어린 소녀답지 않게 키가 크고 가슴 볼륨도 빵빵했다.
그녀는 노랗게 염색한 머리에 항상 화장을 진하게 하고 다녔다.

옷차림도 야했다. 쌀쌀한 겨울 날씨인데도 불구하고 오늘도 얇은 레깅스에 민망한 부분에서 끊기는 핫팬츠를 입었다. 그나마 무릎까지 닿는 긴 가죽부츠를 신은 게 겨울 대비란다. 수현이 그저 예쁘기만 한 건 아니었다. 그녀는 좀비 사냥에도 재능을 타고났다.

미강이 보기에도 그녀는 특별했다. 욕도 참 찰지게 잘했다. 그녀는 대장도 깜짝깜짝 놀랄 정도로 험한 욕을 남발하곤 했다.

"우리 쪽은…… 한 명 줄었어. 이틀 전에 올보가 죽었거든. 새끼가 감염된 걸 끝까지 숨기고 있었지 뭐야. 까딱하면 다 물리고 전멸 당할 뻔했지. 형도 조심해. 배신자는 꼭 솎아서 처단해야 해. 알아서 죽어줄 것이지 꼭 친구들 손을 더럽히는 놈들이 있어, 에잇!"

문어가 몸서리를 쳤다. 그는 죽은 올보에 대한 그리움보다는 올보가 자신을 속인 데에 대한 분노가 더 컸다. 문어는 가족이 된 아이들에게 잘 대해주었다. 그러나 감염에 대해서만은 철저했다.

좀비에게 물렸을 경우에는 알아서 팀을 떠나거나, 자살해야 한다. 그가 유일하게 내세운 규정이 그것이다. 대장은 문어처럼 엄격하게 규칙을 강조하지는 않았다. 그러나 다들 암묵적으로 동의하고 있었다.

'감염되면 자살한다.'

이 조항이 함께 살아남기 위해, 그들이 지켜야 할 최소한의 의무라는 것에 말이다.

"우리도 현웅이가 죽었어."

대장도 무덤덤하게 현웅의 죽음을 입에 올렸다. 마치 어제 날씨를 보고라도 하는 것처럼 사무적인 어투였다.

문어를 처음 봤을 때 미강은 놀랐었다. 미용실이 운영될 리도 없는데, 그의 두상이 퍼렇게 잘 깎여 있었기 때문이다. 궁금증은 금방 해소되었다. 문어는 이발소 집 아들이라 했다. 그리고 문어네가 아지트라 부르는 은신처가 바로 그 이발소였다. 그 낡은 이발소는 가파른 골목길 꼭대기에 위치했다.

한창 좀비들이 극성을 부리던 무렵, 문어는 부모님과 남동생을 한꺼번에 잃었다. 곧 그는 근처에 사는 아이들과 의기투합하여 살기 시작했다. 문어와 함께 사는 아이들은 주로 초등학생과 중학생이었다. 그래도 문어는 어린 동생들을 잘 다스리는 편이었다.

대장은 옥탑방의 우두머리로서, 문어는 이발소의 우두머리로서. 각자의 영역을 지키며 살아가는 데 익숙해졌다. 둘 다 누구의 아래로 들어가는 게 죽기보다 싫어서 자신들의 아지트를 만든 것이랄까.

대장이나 문어나, 어디서나 볼 수 있는 흔한 십대 청소년이었다. 그러나 평범함이란 말은 이젠 의미가 없다. 버려진 도시를 무대삼아 골목대장 놀이에 푹 빠져 있는 십대 아이들. 그들을 탓할 어른도 없었다. 잔소리할 어른들은 다들 꽁무니를 빼고 도망가거나 죽어버렸다.

대장이 룩과 문어를 서로에게 소개했다.

"룩, 이쪽은 문어야."

옥상 평상에 누워 있던 룩은 고개만 까딱했다.

"누구야?"

문어의 눈동자에 호기심이 일렁거렸다.

"신입. 쇼핑몰에서 만나서 데려왔어. 이 녀석…… 여태 혼자 돌아다녔대."

"뭐?"

놀란 문어, 눈을 가늘게 뜨고서 룩을 관찰하기 시작했다.

반면 룩은 문어와 수현에게 무관심했다. 지그시 눈을 감으며 잠을 청했다.

"그나저나 너희는 왜 온 거야? 그냥 놀러 온 건 아니겠지?"

그제야 문어가 룩에게서 시선을 떼고 본론으로 들어갔다. 그의 입꼬리가 악당처럼 사선으로 비틀어졌다. 중요한 얘기를 할 때면 나오는 그만의 습관이었다.

"뭐겠어? 플라이하이지."

"설마…… 찾았어?"

대장의 관심이 당장 그쪽으로 쏠렸다. 흥분한 그는 문어의 두꺼운 팔을 잡고 흔들기까지 했다.

"끝까지 들어, 형. 아직은 아니야. 플라이하이가 내 손에 있으면 벌써 날름했겠지. 대신 그게 있을 만한 곳은 알아냈어. 내가 정보를 제공할 테니 같이 찾으러 가자. 그걸 찾으면 나누는 거야. 공평하게, 어때?"

오늘 문어는 협상을 하러 온 것이다. 문어는 대장의 조력이 절실했다. 아무래도 큰 애들이 좀비 사냥에는 탁월하기 때문이다. 문어 역시 얼마 전부터 나타나기 시작한 핑크 눈의 좀비들을 경계하고 있었다. 최근에 죽은 아이들은 모두 핑크 좀비들의 습격을 당해 죽은 것이었다.

"50대 50. 조건은 훌륭하지? 형도 알겠지만 난 그렇게 욕심 많은 놈은 아니거든. 공생공사하자는 거지."

장사치처럼 새빨간 혀를 날름거리는 문어.

"혹시 한 알밖에 못 찾으면?"

"반 쪼가리 내야지. 못 찾고 허탕을 쳐도 사냥한 물건들이라도 나누자고. 무조건 50대 50이라니깐."

"좋아. 거기가 어디야?"

대장은 당장 제안을 받아들인다. 사냥이야 때가 되면 나가는 터. 문어의 제안을 거절할 이유가 없다.

"아 참, 저 계집애는 빼."

흡족해하던 문어가 별안간 레몬을 지목했다. 레몬은 그들의 대

화를 엿들으면서 주변에서 얼쩡대는 중이었다. 씨익, 대장이 미소
지으며 말했다.

"내가 돌대가리냐? 데려가라 해도 안 데려가."

"제일 센 놈만 붙여. 정예부대로만 가자."

문어는 다시 한 번 강조했다. 플라이하이를 찾을 능력이 되는
건 본인과 대장밖에 없다고 확신하는 오만한 표정이었다.

"언제 출발해?"

대장의 마음이 급해졌다.

"지금 당장."

수현이 빙그레 웃었다. 그러곤 한 손에 든 전기톱을 흔들었다.
그들은 이미 만반의 준비를 갖추고 온 것이다. 대장이 사냥에 동
반해주리라는 걸 예상하고서.

수현의 전기톱은 문어가 공구가게에서 발견한 물건이었다. 그
는 수현에게 사귀자며 프로포즈 선물로 전기톱을 주었다. 그것은
어른 팔뚝 크기로, 스위치만 누르면 작동되는 소형자동 전기톱이
다. 살짝 무겁긴 해도 여자가 사용하기에 편했다. 노란 페인트칠이
된 전기톱은 수현의 머리색만큼이나 샛노랬다. 무기 역시 깔맞춤
이었다.

잠시 후.

옥탑방 안에서는 '플라이하이 획득 작전'이란 이름 하에 작전회의가 한창이었다.

부스럭.

문어가 갑자기 스마트폰을 꺼내들었다. 그의 폰은 좀비 사태의 절정에 도달했을 무렵에 한참 인기몰이 중이던 최신 기종이었다. 물론 전화는 불통이었다. 전화나 인터넷 등 통신은 깡그리 끊어졌다. 그래도 문어는 어딜 가든 꼭 휴대폰을 가지고 다녔다. 충전도 꼬박꼬박 했다. 그는 휴대폰을 수첩이자 일기장이라고 부르며 끔찍이 아꼈다.

"봐."

그가 터치한 것은 바탕화면에 위치한 갤러리였다. 스윽스윽, 문어가 검지로 사진들을 스캔하기 시작했다.

미강은 새삼 반가웠다. 손에서 휴대폰을 놓기라도 하면 편집증 환자들처럼 안절부절못했던 시절이 떠올랐다. 누구나 휴대폰 중독 증상에 시달린 적이 있을 것이다. 그러나 정보통신의 도구가 무용지물이 된 지금. 문어의 손안에 든 스마트폰은 참 낯설었다.

'만약 지금이 옥탑방에 둘러앉아, 최신곡을 흥얼거리며, 실시간 검색에 오른 연예가 가십거리에나 열을 올리는 상황이라면 얼마나 좋을까?'

혼자만의 상상을 하면서 미강이 콧잔등을 실룩거렸다.

바보 같은 일상이었지만, 그래도 그 일상을 그리니, 적어도 포근한 안정감이 느껴졌다. 현재의 생활은 학교를 가지 않아도 된다는 면에서는 썩 나쁘지 않았다. 그러나 미래도, 희망도, 그리고 두 발뻗고 잠들 수 있는 안정감도 잃었다는 점만은 부인할 수 없다.

작은 장점을 위해 인류가 멸망해야 한다고 부르짖는 건 어리석다. 그건 플러스 1 마이너스 1억과 같은 말이라는 것 정도는 머리에 피가 마르지 않은 청소년들도 셈할 수 있다. 그냥 겉으로 인정하기 싫을 뿐이지. 종말이 와도 괜찮다, 센 척하고 싶을 뿐이지.

'하나도 무섭지 않군.'

그 말은 곧 오줌을 지릴 만큼 무섭다는 표현을 거꾸로 메다꽂은 말일 수도 있다. 뭔가가 두려운 아이들은 반어법을 자주 쓴다. 그러니 어른들은 아이들에게 좀 더 관대해질 필요가 있다.

'엄마는 절대 이해 못 하겠지…….'

미강은 생각의 흐름을 따라가다 말고 흠칫했다. 오래간만에 엄마 얼굴을 떠올려보았다. 그러다가 곧 도리도리 고개를 젓고 말았다. 엄마는 엄마다. 어른이라 싫은 게 아니다. 엄마라 싫었다. 그녀는 비록 미강의 반어법을 이해한다손 치더라도 일단은 야단부터칠 사람이었다.

엄마는 꽤 야무진 아줌마였다. 또한 두 귀를 닫아버린 외톨이기도 했다. 퇴근 후 집에 들어오면 매일 짜증부터 내던 엄마. 누가 봐도 행복해 보이지는 않았다. 그래도 꾸역꾸역 사는 건 또 뭔지. 이제 미강은 엄마라는 단어에 넌더리부터 난다.

갑자기 문어의 손가락이 멈췄다. 그는 얼마 전에 찍은 사진을 들어 보여주었다.

모두의 머리통이 한곳으로 모였다. 문어가 보여주려고 한 것은 회색 담을 가로질러 써진 붉은색 글씨였다. 찍힌 장소는 낡은 담벼락, 아파트 입구, 건물의 회전유리문 등 제각각이었다. 그럼에도 적힌 글자와 글씨체는 판박이마냥 똑같았다.

인간답게 죽기를. FH!
010 - XXXX - XXXX ☞ 천사 in 21 Shelter.

암호 같은 문구였다. 대장은 짜증부터 냈다.

"그게 뭐?"

"FH?"

참모도 머리를 갸웃거렸다. 문어는 비죽거리며 잘게 웃음을 터뜨렸다.

"나 원 참. FH! Fly High잖아. 천사라는 건 플라이하이를 파는 셀러를 뜻하고 말이야. 벌써 까먹었어?"

그는 목을 빳빳하게 세우곤 거드름을 피웠다.

"아!"

그제야 대장도 생각이 났다. 천사는 인터넷에서 플라이하이를 팔던 불법상인들을 일컫는 은어 중 하나였다. 언제부턴가 사람들은 그들을 여신이나 천사라는 좋은 말로 불렀다.

"그깟 낙서 때문에 모험을 하자고?"

평상에서 룩이 벌떡 일어나며 언성을 높였다. 그는 플라이하이를 구하러 가자는 의견에 매우 부정적이었다. 미강은 고개를 갸웃했다. 대부분은 죽은 듯 조용하게 지내는 룩이 플라이하이에는 유독 맹렬한 거부 반응을 보이는 게 의외였다. 문어는 룩의 반대를 가볍게 무시하며 말했다.

"21호 대피소가 어디 있지? 정확하게 아는 사람?"

"성곡동. 성곡초등학교가 21호 대피소야."

답을 준 것은 놀랍게도 레몬이었다.

"오, 레몬 너 오늘 밥값 좀 하는데?"

"내가 거기 다녔거든. 성곡초등학교 뒤에 우리 집이 있어."

레몬이 또박또박 말하니까 어쩐 좀 똑똑해 보였다. 가끔 미강은 궁금해하곤 했다. 레몬이 집을 나온 진짜 이유를 말이다. 그녀는 학교가 지겨워서 가출했을 뿐이라고 둘러댔었다.

"레몬, 미안하지만 그래도 너는 안 데리고 갈 거다. 우린 지금 소풍 가는 게 아니야."

"상관없어."

레몬이 침울하게 맞받아쳤다.

"빨리 의논이나 끝내자. 그래서 어떻게 하자는 거야?"

"어쩌긴. 가서 천사를 찾아야지."

문어가 어깨를 으쓱하며 말했다.

작전회의는 다시 열꽃을 피우기 시작했다. 미강은 옥상으로 나간 레몬을 따라가기 위해 슬그머니 빠져나갔다.

"너희 집 주소가 뭐야?"

"가서 뭐 하게? 어차피 다들 도망가고 없을 텐데……."

레몬의 목소리에 매가리가 없었다. 실은 21호 대피소에 동행하고 싶은 마음이 굴뚝이었지만, 냉정한 대장과 문어는 그녀를 데려갈 리가 없었다. 특히 대장은 부모님 이야기라면 끔찍하게 싫은 티를 내었다. 그래서 감히 레몬네 집에 들러보자고 할 엄두도 나지 않았다.

대장의 입장도 이해는 간다. 어느 날 갑자기 아버지에게 말 한마디 없이 버림받았던 대장으로서는 부모를 부정이라도 하지 않으면 자신의 존재 자체가 무의미해지는 기분이 들지도 모를 일. 대장은 어떤 식으로나마 상처받은 마음을 보상받고자 했다. 부모가 자신을 잊는 것보다 더 빨리 부모를 잊는 것. 그것이 그의 복수법이었다.

아이들은 태어나면서부터 자신의 부모들을 넘어설 만큼 잘 커야 한다는 강박관념에 시달리게 된다. 그러다 그들이 그토록 싫어하던 부모들의 모습을 닮아간다는 사실에 절망하게 된다. 그렇다. 어떻게 보면 부모는 아이들의 심장 모서리를 갉아먹는 좀벌레였다. 대장에게도, 레몬에게도, 미강에게도. 그리고 틀림없이 룩에게도 징그러운 좀벌레들이 붙어 있었다. 옛날의 어느 한때까지는 말이다.

하지만 미강은 좀벌레를 너무 빨리 잃어버린 레몬이 가장 안타까웠다. 또한 자신이 레몬의 나이였을 때는 엄마를 이렇게까지 증오하지는 않았다는 걸 깨달았다.

"말해봐. 내가 들를 수 있을지도 모르잖아. 대피소랑 가깝다며?"

"우리 집은 아파트가 아니고 그냥 큰 집이야. 학교 바로 뒤에 있으니까, '해강'이라는 이름만 찾으면 돼."

기다렸다는 듯이 레몬이 말했다. 아닌 척하고 있었지만 소녀의 눈망울에서 기대감이 퐁퐁 샘솟았다. 아무리 되바라지게 굴어도 레몬은 아직 어린아이였다. 부모님의 품이 그리울 어린이.

"장담은 못 하겠지만 기회가 나면 들러볼게."

"오빠, 귀 좀 대봐. 이건 답례 선물인데……."

속닥속닥, 레몬은 나름대로 중요한 정보를 미강에게 전해주려고 애썼다.

"응, 고마워."

레몬이 말을 끝내자, 미강이 덤덤하게 인사치레를 했다.

"꼭 오빠 혼자만 알고 있어! 대장 오빠한테는 말해주기 싫어."

레몬이 툴툴대며 귀여운 얼굴을 심술궂게 찡그렸다.

"알았어."

미강은 빙그레 웃음을 짓다 말고 약속을 지킬 수 없을 가능성에 대해 생각했다. 아무래도 못 지킬 확률이 더 높은데, 레몬에게 괜한 기대를 준 건 아닐지. 뒤늦게 후회가 됐다.

작전회의는 좀처럼 끝나지 않았다. 갈수록 분분해지는 의견들에 묻어는 자신의 동그란 두상을 툭툭 두들기며 최후의 히든카드를 던졌다.

"나 말이야. 여기도 안 되면 연해린의 빌라로 가볼 생각이야. 그집 주소는 오래전에 외워뒀거든. 좀 멀긴 하지만 내 머릿속에 연해린네 집으로 가는 지도가 박혀 있다고."

"경찰이 다 뒤졌을 텐데?"

"그래도 가볼 만한 가치는 충분하다고 봐. 연해린이 변하자마자 좀비들이 판을 쳐서 온 사방이 쑥대밭이 됐잖아. 그 난리통에 경찰들도 정상적인 수사는 못 했을 거야. 막말로 어떻게 알겠어? 연해린이 플라이하이를 박스째로 사서 쟁 박아놨는지. 부자들은 은

행 말고 사과박스 안에 돈을 넣는다잖아."

"거긴 없어. 경찰이 눈뜬 호구야? 부탁인데 확인이 불가능한 얘기는 퍼뜨리지도 마. 어차피 책임도 못 질 거면서……. 봐, 애들이 동요하잖아."

다시 룩이 끼어들었다. 있는 듯 없는 듯 지내던 룩의 거센 반대. 모두들 의아해하는 눈치였다. 결국 문어는 버럭 화를 냈다. 그는 누구든 자신의 의견을 거스르는 걸 참지 못하는 성격이었다.

"야, 이 새끼야! 초치지 마! 네가 봤어, 봤냐고?"

"그냥…… 알아. 상식적으로 말이 안 되잖아."

"웃기는 새끼네. 네가 초능력자라도 돼? 알기는 뭘 안다는 거야? 아무것도 모르는 주제에……. 넌 좀 찌그러져 있으라고! 싫으면 빠져, 씨발!"

문어는 평소 같지 않게 화를 심하게 냈다. 스스로를 19지구에서 가장 중심이 되는 인물이라 생각하던 문어로서는 본인이 가져온 고급 정보에 시종일관 시큰둥하게 반응하는 신입이 좋을 리가 없었다. 문어는 대체로 친절한 편이었다. 그렇지만 자기편이 아니다 여기면 가차 없이 쳐내는 성격이었다.

"야야, 왜들 이래?"

대장이 둘 사이에 중재를 하고 나섰다. 그는 분위기가 틀어져서 문어가 돌아서거나, 혹은 룩이 빠져나갈까 봐 안달이 났다. 미강은 게슴츠레하게 실눈을 뜨며 생각했다.

'완전 콩가루 집단이구만. 이래가지고 플라이하이를 구하겠다
고? 참 잘도…….'

폭주족이 되자

"출발!"

푸르르릉.

문어가 탄 오토바이가 골목길을 빠져나가기 시작했다. 오토바이 행렬의 중간에는 대장과 참모가, 끝에는 룩과 미강의 마하 세븐이 꼬리를 물며 달려 나갔다.

룩이 옆 골목에 숨겨둔 마하 세븐을 보여주자, 대장과 문어는 감탄사를 연발했다. 대장은 마하 세븐을 탐냈지만, 강제로 뺏을 수는 없었다. 버려진 거리에서는 먼저 차지한 놈이 임자다. 때문에 룩이 죽기 전까지는 마하 세븐은 오롯이 그의 것이었다. 또한 그 뒷자리는 함께 마하 세븐을 찾아낸 미강의 것이었다.

핫 핑크색의 매니큐어를 칠한 열 개의 손톱이 문어의 배를 단단히 감쌌다. 수현은 문어의 등에 시린 뺨을 비비며 물었다.

"오늘따라 왜 그렇게 성질냈어? 오빠답지 않게."

"룩인가 락인가. 저 새끼 마음에 안 들어. 진짜 골수분자야."

문어는 그가 싫어하는 스타일의 사람을 '골수분자'라고 일컬었다. 무조건.

"왜?"

"몰라. 저 새끼는 꼭 어디서…… 본 것 같단 말이야. 내가 사람 얼굴 잘 기억하는 거 너도 알지?"

"응."

"어디서 봤을까나? 암만 봐도 얼굴이 눈에 익어."

"저 오빠 잘생겨서 질투하는 거 아냐? 푸훗."

"야, 너 제정신이야? 저런 기생오라비 같은 놈이 뭐가 잘생겨? 딱 밥맛이구만."

"아, 조심해!"

수현이 갑자기 튀어나온 배불뚝이 좀비를 가리키며 말했다.

문어는 핸들을 돌려 꺾었고, 문어의 작고 날렵한 오토바이는 바람을 퉁기며 좀비를 스쳐지나갔다.

"씨발, 깜짝이야! 이거나 먹어라!"

까앙.

알루미늄 배트로 야구공을 후려갈기는 소리가 났다. 참모가 쇠파이프로 배불뚝이 좀비의 머리통을 냅다 후려친 것이다.

"홈런!"

뒤로 날아가는 좀비의 머리통을 보면서 수현이 깔깔거렸다.

그 사이, 문어의 오토바이를 바짝 뒤따르던 룩은 쓰러진 좀비를 피해서 핸들을 확 꺾었다. 그 바람에 미강의 몸도 기우뚱했다.

참모는 다른 좀비의 머리통을 작살내고 있었다.

"나이스 샷."

대장과 참모 역시 묘하게 붕 떠 있었다. 미강은 입 좀 닥치고 가자는 말을 쐬주려다 말고 고개를 저었다. 가뜩이나 시끄러운 오토바이 소음에 신경이 곤두선 상태였다. 이러다가는 잠자던(실제로는 잠을 자는지, 그저 나무토막처럼 멍하게 서 있는지 알 길은 없지만) 좀비들까지 죄다 불러 모아 동네잔치를 하게 되지 않을까 걱정이 됐다. 당연히 그 잔치의 메인 메뉴는 아이들일 테고 말이다.

미강과 똑같은 걱정을 했는지. 룩이 외쳤다.

"어휴, 우리끼리 먼저 가 있자."

룩이 가속페달을 뿌리 끝까지 돌리자 순식간에 속력이 붙었다. 마하 세븐은 눈 깜짝할 사이에 맨 앞에 있던 문어의 오토바이까지 제치고 앞으로 나아갔다.

"야 인마, 너 지금 오토바이 좋다고 유세 떠는 거야?"

뜬금없이 새치기를 당한 문어와 대장이 우왕좌왕하며 외쳤다. 하지만 욕을 듣거나 말거나 답답하던 미강의 가슴 한편이 뻥 뚫렸다. 찡그린 문어와 대장의 면상을 보자 저절로 웃음이 터져 나왔다.

"하하! 멍청이들, 꼴좋다! 룩, 더 빨리 가자!"

"알았어. 꽉 잡아!"

룩이 속력을 한껏 높였다. 미강의 몸이 바람에 나부끼는 빨래마냥 좌우로 흔들렸다. 미강은 저도 모르게 룩의 허리를 꽉 틀어잡았다. 그의 허리춤에서 깍지를 긴 맞닿은 두 손이 따뜻했다.

*

플라이하이를 획득하기 위해서 문어가 예상한 소요 시간은 이틀이었다. 가는 데 세 시간. 오는 데 세 시간. 그리고 나머지 시간 동안 표식을 남긴 셀러를 찾아 플라이하이를 구할 계획이었다. 하지만 예상은 그저 예상일 뿐. 가는 길만 해도 세 시간으로는 턱없이 부족했다. 세 대의 오토바이들은 길이 막혀 있을 때마다 골목길을 굽이굽이 헤치며 나갈 길을 직접 뚫어야만 했다. 그러다 쌀쌀한 바람에 몸이 아려질 때면 아이들은 아무 데서나 오토바이를 멈추고 쉬었다. 좀비들을 피해 숨어서 가져온 식량을 나눠 먹고, 도로 위에서 노상방뇨를 하기도 했다. 화장실을 찾아 나설 필요는 없었다. 삐쩍 말라가는 시체들 앞에서도 거리낌 없이 시원한 오줌 줄기를 내뿜었다. 그러다가 좀비 떼가 나타나면 허겁지겁 오토바이에 다시 올라타 도망치는 일을 반복했다.

세 팀. 그리고 여섯 명의 아이들.

도중에 덤벼드는 좀비들을 몇 마리나 죽였던가. 열 손가락이 넘어가자 미강은 계산을 포기했다.

대장과 문어 팀은 닥치는 대로 죽였다. 반면 룩은 좀비들과 맞서지 않고 도망가는 쪽을 택했다. 되도록 체력 소모를 줄이자는 게 그의 전략이었다.

마하 세븐이 룩의 생각을 도와주었다. 마하 세븐은 소리도 시끄럽지만, 속도도 왕이었다. 미강은 좀비들이 괴성을 지르며 달려들 때마다 뒤를 돌아보며 중지를 힘차게 하늘로 뻗어 올렸다.

아이들은 복잡한 미로의 출구를 찾듯이 꿋꿋이 목적지로 뻗어나갔다. 그들을 실은 오토바이들은 거대한 폐차장으로 변한 도로 위를 하염없이 질주했다. 미강은 새삼 실감이 났다. 예전에 알던 세상은 완전히 붕괴되고 없다는 것을 말이다. 집도, 학교도, 돌아갈 곳은 그 어디에도 없었다.

거리에 시체들만 남은 건 아니었다. 그들처럼 어떻게든 살아남아 얄팍한 목숨을 연명해가는 사람들이 있었다. 오토바이를 타고

가는 도중에도 꾀죄죄한 생존자들과 여러 차례 마주쳤다. 그럼에도 아이들 중 아무도 속도를 늦추거나, 그 사람들에게 관심을 갖지 않았다. 폐허가 된 세상에는 이제 동료가 아니면 적들뿐. 산 사람이나 죽은 사람이나 상대하기가 귀찮을 따름이었다.

당장은 그들이 구세주로 보일 수도 있겠지만, 머잖아 그들이 적으로 변할 수도 있다. 친절한 얼굴로 다가온 어른들이 아이들의 은신처를 빼앗고 식량을 야금야금 빼먹는 적으로 변할 가능성? 인간이 좀비로 변할 가능성만큼이나 높았다.

시내를 빠져나왔을 즈음이었다.

별안간 건물 안에 숨어 있던 중년의 털보 아저씨가 뛰어나왔다. 때아닌 오토바이 부대의 등장에 흥분했을까. 그는 두 손을 쫙 펴고서 운동회 날의 만국기마냥 펄럭펄럭 흔들어대었다.

"어이, 얘들아! 잠깐 멈춰봐!"

대장과 문어는 코웃음부터 날렸다.

"멈춰보라니까!"

'됐거든. 당신들 도움은 필요 없어. 우리끼리도 잘 살고 있다고.'

대장의 얼굴은 자신감으로 빛났다. 그는 어른들의 한계를 알았다. 그래서 아쉬울 게 없었다. 세상이 망해서 또 좋은 게 있다면 바로 이 점이다. 잘난 척하며 위에 군림하려던 어른들과 주는 대로 받아야만 했던 아이들. 이 둘의 위치가 평등해졌다는 것. 지금과 같은 종말의 세계에서라면 얼마든지 어른과 아이들의 위치에 역전 현상이 일어날 수 있었다. 적응력과 대담성은 십대들 쪽이 오히려 탁월하다. 어른들은 뭐든 따지고 보는 나쁜 버릇이 있잖은가. 그래서 틀을 잘 깨지 못했다. 어른들은 뭔가를 지키려는 듯 젠체하다가 더 빨리 죽어나갔다.

"야 이 새끼들아, 눈에 뵈는 게 없냐!"

마침내 털보 아저씨가 역정을 내며 방방 뛰었다. 철저히 무시당한 그는 자신을 본체만체하는 아이들의 뒤통수를 향해 삿대질을 하며 소외당한 분노를 퍼부었다.

대장과 문어는 슬몃슬몃 치기가 올랐다. 약속이라도 한 듯, 두 대의 오토바이가 홱, 육중한 몸을 돌려서 털보 아저씨에게로 달려가기 시작했다.

부아아아앙.

"어엇!"

놀란 털보 아저씨가 오토바이들을 피해 헐레벌떡 달아났다. 덩달아 건물 입구에서 동태를 살피던 아저씨의 일행들도 쏙 자취를 감추었다.

'꼭 두더지들 같군. 망치로 뿅뿅 쳐버릴까?'

비릿한 웃음이 대장의 입가를 채웠다. 구석에 몰린 털보 아저씨가 바락바락 악을 써대었다.

"이게 무슨 짓이야? 이 새파랗게 어린 노무 새끼들이!"

"컄, 퉤…… 아저씨, 가던 길이나 가쇼. 피차 상관 말고. 우리는 지금 엄청 바쁘걸랑요?"

문어가 가래침을 모아 한 번에 내뱉었다. 19구역의 패권을 다투는 경쟁자인 대장 앞이라고 강짜를 심하게 부렸다.

"하, 말세라고 어린 양아치 새끼들만 판을 치는구나. 이런 때일수록 서로 도와야 되는 걸 몰라!"

혀를 끌끌 차며 아저씨가 한탄했다.

"도와줘? 아저씨가 뭐 보태준 거 있어요? 멀쩡히 잘 가는 우리는 왜 불러요? 쌀 한 톨이라도 나눠줄 건가요?"

대장도 서슬이 퍼래져서 달려들었다.

쌀이라는 말에 털보 아저씨의 입이 합죽이가 되었다. 광대뼈가 툭 튀어나온 얼굴과 하얗게 일어난 입술껍질. 그의 건강 상태는 대장과 문어보다도 못했다. 쌀을 나눠주기는커녕 도움이 절실해 보였다. 당장 입에 풀칠할 음식도 부족한 게 분명했다.

"아저씨, 잔소리를 하려면 먹을 거라도 나눠주면서 하시던가. 어른이라고 언제까지 잔소리만 까다 갈 건데요? 눈깔 달렸으면 좀 봐요. 세상이 완전 바뀌었다고요!"

빵빵!

그들을 지켜보며 멈춰서 있던 룩이 오토바이 경적을 울리면서 대장과 문어를 재촉했다. 한심해하는 듯한 그의 표정을 읽고서, 대장의 인상이 파싹 구겨졌다.

"우린 도움 필요 없으니까 어서 가 보쇼, 아저씨."

대장은 마지막으로 살벌하게 쏘아주고서 오토바이를 쌩 하고 돌렸다.

대장 뒤의 참모는 한시름 놓은 표정이었다. 반면에 문어 뒤의 수현은 도리어 아쉬워했다. '에게, 겨우 그거야?' 하는 발칙한 생각을 하는 것이다.

미강은 멀리서나마 굳어버린 털보 아저씨의 낯빛을 살폈다. 아저씨는 사실 나쁜 사람으로는 보이지 않았다. 극히 평범한 이웃 어른이었다. 그는 그저 살아남은 아이들을 보고서 반가웠을 뿐. 그래서 아이들도 살아남은 자신을 보고 기뻐하리라고 지레짐작했을 게다. 또한 아주 찰나겠지만, 생존자들끼리 오순도순 서로를 의지하며 살아가는 유토피아를 그렸을 게다.

그러나 그의 유토피아는 대장과 문어와는 동떨어진 꿈이었다. 대장의 유토피아는 어른을 포함하지 않는다. 게다가 그도 곧 본인이 그토록 증오하는 어른이 될 거라는 사실도 포함하지 않는다. 대장은 영영 어른이 되지 않을 생각이었다. 그는 피터팬을 꿈꿨다. 죽은 도시를 활보하는 피터팬, 영원히 늙지 않는 피터팬을.

'저 아저씨 눈에는 우리가 폭주족으로 보이겠지?'

미강은 괜히 찝찝해졌다. 그렇지만 이내 마음을 다잡았다.

'그것도 괜찮지 않아? 지금이 아니면 언제 폭주족이 되어보겠어? 진짜 어른은 폭주족 따윈 되지 않는다고. 그러니까 어른이 되기 전에 좀 비뚤어져보는 거지 뭐. 안 그래?'

*

"여기 맞아?"

"왜 이리 분위기가 음침해?"

"몰라, 인마."

Shelter 21. 21호 대피소.

눈을 크게 뜨고서 초록색 팻말에 적힌 영문자와 한글을 몇 번이나 확인해보았다. 대피소 주위의 풍경은 삭막하기만 하다. 도무지 들어갈 엄두가 나지 않았다. 그렇게 플라이하이를 찾고 싶어 안달이던 대장. 그마저도 망설이는 기색이 역력했다.

"셀러가 진짜 여기서 살았다 쳐도 지금은 없을 것 같은데? 이거 뭐 전화를 해볼 수도 없고."

잘난 척 호들갑을 떨었던 문어도 기가 슬슬 시들었다.

"으흠……."

"고민하면 뭐해. 가서 직접 확인해야지. 플라이가 없으면 뭐라도 건져가야 할 거 아냐, 오빠."

수현이 당차게 나섰다. 허를 찔린 대장과 문어는 겸연쩍은 표정으로 각자의 무기를 고쳐 잡았다.

"좋아, 가 보자고!"

호기롭게 대답은 했으나, 문어의 대답에는 어째 기운이 없었다.

'여기에 사람들이 모여 산다고?'

미강의 인상이 찌푸려졌다. 누가 봐도 아니었다. 예전에는 사람들이 모여 있던 대피소였을지도 모르겠다. 그러나 지금은 인기척 없이 버려진 폐교일 뿐이었다.

"뭐라도 있어?"

"있긴 개뿔이······."

"이럴 줄 알았지. 어쩐지 다들 너무 들뜬다 했다."

역시나 학교 강당은 속빈 마카로니마냥 텅 비어 있었다. 강당을 장악한 것은 지저분한 이불더미와 부서진 가재도구들, 그리고 구더기 밥이 된 시체들뿐이었다. 사람들이 복작하게 머물렀을 강당에는 살아 있는 생물이 없었다. 북적거리던 주민들이 어디로 갔을지는 오로지 신만 알 터였다.

미강의 실망도 적지 않았다. 미강이 플라이 획득 작전에 따라온 이유는, 정작 플라이보다는 대피소에서 살아가는 사람들의 모습을 확인하고 싶었기 때문이다.

"오빠, 얼른 돌아보고 나가자. 왠지 <u>으스스</u>해."

수현이 팔짱을 끼며 종종거렸다. 힘들게 오토바이를 타고 온 보람이 사라졌다.

대장과 문어는 학교 건물 안을 속속들이 돌아보고 나가자고 제안했다. 특히 문어는 이도저도 아니면 셀러가 싸둔 오줌이라도 찾아야 직성이 풀릴 얼굴이었다. 표정이 하도 살벌해서 다른 아이들이 투정을 부릴 틈도 주지 않았다.

다함께 본관 1층을 다 돌아본 후, 막 2층 계단으로 올라가려는 길이었다.

쾅.

낯선 소음이 귀에 잡혔다.

"쉿!"

아이들은 서로 곁눈질을 하며 목소리를 낮췄다. 소음은 2층에서 들려왔다. 뭔가가 바쁘게 뛰어가는 소리도 들렸다. 대장은 친구들에게 잠자코 있으라는 눈짓을 주었다. 그리고서 총알처럼 앞으로 튀어나갔다.

대장이 발견한 것은 복도에 떨어진 알루미늄 캔 뚜껑이었다. 뚜껑을 손가락으로 훑어보니 갈색 액체가 진득하게 묻어났다. 대장은 손가락을 코 밑에 대고 냄새를 흡입했다.

"흐음."

대장이 미간을 찌푸린다. 통조림의 내용물은 삶은 콩. 사실 통조림 겉면을 보지 않아도 알 수 있다. 그동안 통조림이라면 싼 옥수수 통조림부터 비싼 수입과일 통조림까지. 종류대로 먹어보지 않은 게 없었다.

대장은 살금살금 다가갔다. 교사 휴게실이라는 팻말이 달린 문을 향해서.

불투명한 유리창 너머로 검은색 형체가 아른거렸다. 휴게실 문은 삼분의 이쯤 열려 있었다. 대장이 기다랗게 팔을 뻗더니 확, 정체불명의 생물체를 낚아챘다. 문 뒤에 숨은 생물이 감염자가 아니라고 확신했기 때문이다. 하긴 좀비라면 문 뒤에 숨을 이유가 없다.

"으아아악!"

새된 비명 소리와 함께 대장의 손에 딸려 나온 건, 추측대로 사람이었다. 작은 꼬마 아이였다.

"살려주세요!"

행색이 꼬질꼬질한 남자아이는 자세를 낮추고서 손이 발이 되도록 빌기 시작했다. 상황이 일단락되자, 미강과 친구들도 대장에게로 다가갔다. 모두들 대장이 잡은 꼬마에게 호기심이 발동했다.

"몇 살이야? 너 혼자 여기서 뭐 하고 있었어?"

성미 급한 대장은 아이를 마구 다그쳤다.

"열두 살이요. 죽이지만 말아주세요, 형!"

꼬마는 필사적으로 매달렸다.

"이 자식 보게? 내가 왜 네 형이냐. 살고 싶으면 왜 여기서 혼자 있는지부터 불어봐. 구라 쳤다가는 좀비들 먹이로 확 던져줄 테니까."

대장의 엄포는 제대로 먹혔다.

"그러니까요……."

아이는 울면서 그간의 일들을 늘어놓기 시작했다.

21호 대피소, 성곡초등학교.

바이러스가 발발하여 난장판이 되었을 즈음에는, 학교로 사람들이 구름같이 몰려들었다. 그러나 우후죽순 마구잡이로 대피소가 생겨나면서 사람들은 더 크고 안전한 대피소로 이동해 갔다. 머지않아 성곡초등학교에 남은 은둔자들은 근교에 사는 주민들이 대부분이었다. 아무래도 동네 주민들이다 보니 처음에는 단합이 잘 되었다. 주민들은 서로를 다독거리며 질서정연하게 움직였다.

한 달 뒤쯤 식량 지원이 갑자기 뚝 끊겼다. 간간이 들어오던 생수와 쌀까지도. 관청에서는 아무 소식도 없고 연락조차 두절되었다. 점점 불안해지기 시작한 주민들. 그들 사이가 삐걱거리기 시작한 것도 바로 그즈음이었다.

주민들은 몇 패거리로 나뉘어 식량을 찾는 일에 혈안이 되었다. 동시에 감염 사실을 숨겼던 환자들이 차례차례 좀비로 변하면서,

생존자들의 공간도 우르르 와해되기 시작했다. 근근이 버텨오던 21호 대피소는 날이 갈수록 암흑으로 변해갔다.

"그 뒤로 너 혼자 여기서 살고 있었단 말이야? 말 똑바로 해. 하나라도 숨기면 엉덩이 맞는다?"

"실은 오늘 아침까지만 해도 민욱이라는 친구가 저랑 같이 있었어요. 우린 같은 반이거든요. 그런데 낮잠 자고 일어나 보니까 없는 거예요! 민욱이는 어제부터 계속 몸이 아프다고 했는데…… 지금쯤 어디 쓰러져 있을지도 몰라요. 그래서 기다리다가 나와 본 것뿐이에요. 혼자 있으려니 무서워져서……."

아이가 울먹였다. 오랫동안 옷을 갈아입지 않고, 씻지도 못했는지. 작은 몸에서 나는 냄새가 역했다. 미강은 깡마른 몰골의 남자아이에게 자꾸만 마음이 쓰였다.

"민욱이라는 놈, 감염자는 아니겠지?"

대장은 두 친구들의 우정 따위에는 관심이 없었다. 그저 당장 눈앞에 닥칠 위험을 계산하는 일이 더 중요했다.

"몰라요. 분명히 물린 적은 없다고 했거든요. 그냥 독감이려니 싶어서……."

우물쭈물 시선을 돌려버리는 아이. 친구의 신변에 뭔가 좋지 않은 일이 생겼음을 예감한 눈치였다.

"병신아! 그걸 믿어? 옷을 벗겨서라도 확인을 했었어야지! 아무튼 네 친구는 포기해. 길을 모르는 것도 아니고, 아직도 안 돌아오는 걸 보면 뻔하지."

"그럼 어떡해요. 이제 민욱이랑 나 둘뿐인데. 민욱이 아버지가 돌아가시기 직전까지 우리를 보살펴주셨어요. 그런데 아저씨가 일주일 전에 그만…… 아저씨가 아니었다면 난 벌써 죽었을 거라고요."

감정이 격해진 아이는 손등으로 눈물을 훔쳤다. 시커먼 땟물이 투명한 눈물에 휩쓸려 나왔다. 지켜보는 미강의 가슴도 미어졌다. 홀로 살아남은 외로움과 고독이 뒤범벅된 아이의 눈물이 심금을 울렸다.

"사내자식이 왜 이렇게 징징 짜? 그나저나 물은 없니? 목이 마른데."

"저기에 있어요."

울먹이면서도 아이의 손은 냉장고를 가리켰다. 미강은 휴게실을 훑어보기 시작했다. 어느 학교에나 있을 평범한 교사 휴게실. 그래도 침대나 소파 등 싸구려 가구들에 냉장고까지 구비된 괜찮은 은신처였다.

'민욱이 아버지라는 아저씨가 터를 잘 잡았군.'

미강이 휴게실을 둘러보는 동안, 대장은 분주하게 냉장고를 털었다. 냉장고 칸에는 통조림과 생수가 몇 개 남아 있었다. 두유 팩들과 삶은 콩 통조림도. 이제껏 아이가 주식으로 먹어온 것들이었다. 대장은 아이의 허락을 받지도 않고 마음대로 통조림을 따고, 물도 마셨다.

수현과 문어, 참모 역시 얼른 식사에 끼어들었다.

"미안. 우리가 좀 먼 길을 왔거든. 배가 고파 죽겠어."

때늦은 룩의 사과에 꼬마 아이가 붉게 달뜬 얼굴을 들고 고개를 끄덕였다.

"너도 좀 먹을래?"

이번에는 고개를 세차게 젓더니. 아이가 들릴 듯 말듯 중얼거렸다.

"배고프지 않아요. 매일 콩만 먹어서 질렸나 봐요."

콩을 우적우적 씹다 말고 대장이 물었다.

"꼬마, 너 혹시 플라이하이 몰라? 뭐 들은 거 없어?"

"형들도 플라이를 구하러 여기까지 온 거군요? 어쩐지……."

아이의 눈빛에 슬쩍 빈정거림이 떠올랐다.

"맞아. 근데 플라이를 파는 놈이 있긴 한 건가?"

"몇 달 전까지는 있었죠. 대피소가 엉망이 되기 직전까지는. 대피소에 찾아온 사람들도 하나같이 플라이하이를 찾더라고요. 그때는 여기도 잘 굴러갔는데……."

"도대체 천사가 누구야?"

"제가 어떻게 알겠어요? 마약을 파는 사람이 있나보다 했죠. 몇

알 구해서 나간다는 사람들 소문도 있긴 한데. 그것도 아저씨가
해준 말이라서 저는 잘 몰라요."

"아하, 천사가 정말 있기는 있었단 말이지?"

대장의 까만 눈동자가 번쩍번쩍 빛을 발했다.

세 번째 팔

콰칵!

알 수 없는 소음이 대화를 방해했다.

"뭐지?"

문어가 밖으로 눈길을 돌렸다. 여전히 양 볼이 튀어나오도록 밀어 넣은 콩들을 우걱우걱 씹어대면서.

스르르륵.

불투명한 휴게실 창문 밖으로 흐릿하게 지나가는 형체. 복도에 뭔가가 나타났다.

"어? 민욱인가 봐요."

먹구름이 끼었던 남자아이의 얼굴에 한 줄기 빛이 감돌기 시작했다. 아이는 단짝 친구가 돌아오리라는 희망을 던져버리지 못했다. 가엾게도.

"쉿! 목소리 낮춰. 감염자일 거야."

"아니에요! 민욱이가 열이 심했지만 정신은 말짱했어요. 아침에도 나랑 놀고 그랬는걸요."

"멍청아, 이 상황에서 그런 말이 나와? 하여튼 애새끼가 물러 터져서는. 물리면 끝이야. 이 마당에 친구고 나발이고 어디 있어!"

아이에게 호통을 친 건 수현이었다. 그녀는 고개를 절레절레 내저으며 한심해했다. 한편 미강은 다 큰 어른이라도 된 듯 아이를 나무라는 수현을 보며 마음이 착잡해졌다. 그녀는 옷차림도, 말투도, 태도까지 마치 성인 여자 같았다. 수현은 단지 어른 흉내를 내는 게 아니었다. 어떻게 보면 수현은 여기서 제일 현명한 아이일지도 모른다.

가족, 규범, 도덕, 대의. 지켜야 할 모든 것들이 증발해버린 세상. 이 세계에서는 좀 더 일찍 어른이 되어야만 한다. 언제든지 누군가를 죽일 수 있어야 한다. 남을 믿어서도 안 된다. 스스로를 지킬 수 있는 어른이 되어야만 살아 숨 쉴 수 있으니까. 그래야 짧게나마 인간의 삶이라는 걸 영위할 수 있으니까. 이곳에서야말로 나이는 숫자에 불과했다.

쾅. 콰직!

뭔가 휴게실 문에 세게 부딪혔다.

쨍그랑!

문의 떨림이 갈수록 심해졌다. 그러더니 급기야 창문이 깨어졌다.

"뭐야!"

버럭 소리를 지르던 참모의 눈이 화등잔만 해졌다. 사각형의 창
문을 뚫고 나온 건, 사람의 머리통이었다. 한 소년이 박살난 창문
으로 머리를 디밀기 시작했다.

드드드드.

소년은 머리통을 한껏 앞으로 내밀었다. 턱에 유리 파편이 박히
든 말든 아랑곳없이 계속.

"민욱아!"

아이는 깜짝 놀라며 일어섰다.

"크륵."

소년은 끔직한 신음 소리를 내었다. 머리통이 270도로 빙그르
르 돌아갔다. 코와 입에서 뚝뚝 침이 흘러내렸다. 휴게실 안의 사
람들을 보고 좀비의 침샘이 자극된 모양이었다.

"조심해. 저 녀석은 핑크야!"

굳이 문어가 강조하지 않아도 알 수 있었다. 민욱의 피부는 거
무죽죽하게 변했다. 그럼에도 두 개의 눈동자들만은 마치 형광색
펜으로 덧칠한 듯 화사한 핑크빛이었다.

"흐윽, 민욱이가……."

꼬마는 눈물을 흘리며 가슴 아파했다.

쾅쾅!

민욱이라고 불린 좀비는 죽음의 에너지를 마음껏 발산하고 있었다. 그는 사각 유리창에 머리를 끼운 채 몸을 휴게실 문짝에 부딪혔다. 어떻게든 휴게실 안으로 들어오기 위해서 발버둥을 치고 있었다.

"핑크는 즉시 죽여야 해. 저런 게 안에 들어오면 우리도 몰살이야. 알잖아."

룩이 얼어붙은 친구들을 독려하며 앞으로 발을 내뻗었다.

미강도 쇠파이프를 치켜들고서 문으로 살금살금 다가갔다. 창문에 머리통이 낀 지금이라면 쉽게 핑크를 없앨 수 있다.

"누가 몰라? 비켜봐."

대장이 룩의 등을 세게 밀치며 나섰다. 룩은 어깨를 으쓱하며 비켜주었다.

"튀튀, 잘 만났다. 그러지 않아도 기분이 졸라 구렸거든. 너라도 박살을 내고 가야 보람이 있지."

대장은 두 손에 든 쇠파이프에 침을 묻히고는 망설임 없이 파이프를 휘둘렀다.

까깡!

민욱의 고개가 획 꺾였다. 쇠파이프에 맞은 오른쪽 이마가 움푹 들어갔다. 터진 이마에서 새빨간 피가 분출하기 시작했다.

핑크는 기존의 좀비들과는 달랐다. 살아 있는 사람과 별반 다르지 않게 느껴진다. 무엇이 핑크라는 새로운 악귀들을 만들어낸 건지는 불분명하다. 그렇지만 예전에 마주친 핑크들을 떠올려보면 그들은 꽤 많은 재주를 가진 능력자였다.

우선 핑크들은 시력이 정상인 데다 행동이 민첩했다. 어떤 핑크는 달리기가 발군이고, 또 어떤 핑크는 힘이 천하장사였다. 또 어떤 핑크는 점프력이 메뚜기 뺨을 칠 정도였다.

거리에서 마주친 핑크들의 특성을 종합하여 분석해보면, 마치 오스트랄로피테쿠스가 한 뼘 더 인간으로 진화한 느낌이 들었다. 그렇다. 좀비들은 업그레이드되고 있었다. 그들의 손아귀에서 버둥대며 빠져나가려는 인간 먹잇감들을 잡기 위해서 말이다.

"크륵……."

아까보다 핑크의 목이 더 돌아갔다. 그럼에도 살아 있었다. 그의 질긴 생명력만은 칭찬해줄 만했다.

"시간 끌지 말고 빨리 죽여. 소란스럽게 해서 다른 놈들까지 불러들일 작정은 아니겠지?"

룩은 영 못마땅한 기색이었다. 대장이 이미 덫에 갇혀 꼼짝도 못하는 핑크를 상대로 본인의 힘을 과시하기 위해서 하는 행태가 빤히 눈에 보였기 때문이다. 대장은 용감무쌍하다. 하지만 자기중심적인 데다 쇼맨십에 집착하는 경향이 두드러졌다.

"새끼야, 내가 알아서 하니까 입 좀 다물어!"

대장이 짜증을 버럭 내었다. 곧 그는 핑크의 정수리 위로 쇠파이프의 끝을 메다꽂기 시작했다. 대장과 참모, 미강이 가진 쇠파이프의 한쪽 끝은 매우 날카롭게 갈려 있었다. 언제라도 좀비의 목을 관통시킬 수 있기 위해서. 쇠파이프가 칼 역할을 대신 해주는 것이다.

꾸드드득, 불쾌한 소리와 동시에 민욱의 단발마가 울렸다.

"크에엑!"

핑크색 동공이 벌러덩 까뒤집어지더니 이내 고개가 떨어졌다. 그 모습을 보며 대장이 히스테릭하게 웃었다.

"핑크도 별거 아니네. 일단 움직임을 막고, 머리통만 박살내면 되잖아. 크큭."

"우웩!"

별안간 꼬마가 음식을 게워내기 시작했다. 걸쭉한 갈색의 토사물들이 후두둑 바닥에 떨어지며 탑을 만들었다.

"괜찮니?"

미강이 쏜살같이 달려가서 아이의 등을 두들겨주었다.

눈앞에서 친구의 죽음을 목도했으니, 위장이 뒤집히는 게 당연하다. 오늘 아침까지만 해도 민욱이는 이 소년의 유일한 희망이었을 테니 말이다. 아이는 계속해서 위를 역류시켰다.

"아씨, 더럽게……."

대장이 홀리듯 중얼거렸다. 거친 말과는 달리 꼬마를 쳐다보는 그의 눈빛에 동정심이 용암처럼 솟아올랐다. 그는 넌지시 미강에게 아이를 위로해주라고 부탁했다.

"데려가서 진정 좀 시켜봐."

미강은 남자아이를 소파로 데려가 앉혔다. 아이는 팔로 스스로를 껴안다시피 하고서는 고개를 푹 수그렸다.

"괜찮니?"

"네."

아이는 모기만 한 소리로 대답했다.

"핑크는 저대로 놔둘 거야?"

룩이 물었다.

창문틀에는 여전히 좀비의 목이 낀 채로였다. 두 번 죽은 아이의 머리통이 축 처진 채 끼어 있는 것을 보는 건 아무래도 껄끄러웠다.

"놔둬도 상관없지만, 보기 좋지는 않네. 내가 치우지, 뭐."

수현이 가지고 있던 소형 전기톱의 끝으로 소년의 머리통을 꾹꾹 밀었다. 몇 번의 시도 끝에 드디어 민욱이 틀에서 사라졌다. 쾅,

그는 복도 바닥으로 곤두박질쳤다. 창문틀은 그림액자를 들어낸 것처럼 텅 비어버렸다.

*

"준비됐니?"

"예."

문어의 질문에 남자아이가 명쾌하게 대답했다. 남자아이는 새로운 가족이 생긴 참이었다. 다행히도 문어가 그를 거두겠노라 선언했던 것이다. 문어는 세상에서 혼자가 된 아이를 흔쾌히 받아들였다. 대장 또한 한시름 놓은 표정이었다. 그는 행여나 아이를 억지로 떠맡게 될까 봐 노심초사하던 중이었다. 본인이 커버할 수 있는 최대치를 분명히 인식하고 있는 대장. 그는 본인의 방식대로 살아남았으니 앞으로도 이 틀을 유지하겠다는 강박관념에 사로잡혀 있었다. 미강은 그런 대장의 방식을 속속들이 파악하고 있다. 쇼핑몰에서 현웅이 죽지 않았다면 아마 룩은 옥탑방에 발도 들여놓지 못했을 거다.

마지막으로 대장과 문어는 대피소의 중점인 학교 강당을 둘러보기로 결정했다. 그 뒤엔 곧바로 집으로 돌아갈 계획이었다. 폐허가 된 성곡초등학교 안에서 천사나 플라이를 찾는 일은 말끔히 포기한 게다.

미강은 남몰래 안도의 한숨을 내쉬었다. 세상을 무너뜨린 건 동족을 잡아먹는 패륜 바이러스가 아닌가. 이런 사악한 바이러스가 고작 두 알의 약으로 치유될 수 있을까? 백 년 묵은 산삼이라면 또 모를까. 미강은 처음부터 이 아이디어가 마음에 들지 않았다.

"속은 좀 괜찮니?"

"네."

대답과는 반대로 꼬마의 안색은 갈수록 나빠졌다. 전신에서 식은땀이 축축하게 배어나왔다. 미강은 슬슬 아이가 걱정되기 시작했다.

한동안 그들은 어두운 학교 복도를 걸어 나갔다. 모두들 입을 다문 가운데, 다양한 발소리들만이 정적을 일깨웠다. 미강은 점점 뒤처지는 꼬마의 곁을 떠나지 않았다. 친구들과의 간격이 좀 벌어졌다고 생각되자, 미강이 다시 속삭이듯 물었다.

"……우리 쪽에도 초딩이 한 명 있어. 걔도 이 학교 다녔다고 했었는데, 혹시 너도 아는 친구일지도 몰라. 걔는 생일이 빨라서 6학년이래. 키가 크고 머리가 길어. 음, 귀엽게 생긴 여자애야."

미강은 머릿속으로 레몬의 얼굴을 그려보았다. 하지만 레몬을 설명할 길이 막막하게 느껴졌다. 레몬의 본명을 몰랐기 때문이다. 레몬은 귀여운 여자아이이지만, 평범한 외모의 범주 안에 속한다. 외모로 그녀의 특별함을 설명하기에는 한계가 있다.

"그 앤 봄부터 가출해서 우리랑 쭉 살았어. 학교에는 장기결석을 했을 거야."

아이는 도통 말이 없었다. 미강이 말한 여자아이를 골똘히 그려 보긴 해도, 딱히 짚이는 사람은 없는 모양이었다. 잠시 진득한 침묵만 흘렀다. 한참을 딴 생각만 하던 아이가 갑자기 목소리를 높이며 말했다.

"봄에 가출을 했다고요? 그렇다면 아마 신…… 아흑!"

말을 끝마치지 못한 채, 아이는 허리를 움켜잡은 채로 등을 웅크렸다. 그것도 모자라 복도 중간에 주저앉아버렸다.

"애, 괜찮니?"

"으으……."

벌어진 아이의 입에서 거품 섞인 침이 뚝뚝 떨어져 내렸다.

"대장!"

미강은 깜짝 놀라 친구들을 부르기 시작했다.

"소리 낮춰. 복도가 다 울리잖아?"

"그게 아니고…… 얘가 많이 아픈가 봐."

대장은 성가신 표정이 역력했다가, 꼬마의 상태를 보고는 미강에게 달려왔다.

"미강아! 그 자식한테서 떨어져!"

룩 역시 허겁지겁 달려오고 있었다.

"어?"

미강이 엉거주춤하게 멈춘 사이, 아이는 수그렸던 몸을 꼿꼿하게 펴기 시작했다.

"크릉."

아이의 입이 열리자마자 괴기한 신음 소리가 흘러나왔다. 꼬마는 대나무마냥 뻣뻣하게 굳은 관절을 꺾으며 한 발, 한 발 움직였다. 광채를 발하는 핑크색 눈동자. 아직 심각한 상처를 입은 적이 없었기에 아이의 피부만은 깨끗했다.

미강은 직접 보고서도 믿을 수가 없었다. 아이의 변화가 섬뜩할 정도로 빨랐기 때문이다. 불과 몇 초 전에 얘기를 나누었던 아이가 좀비로 변하다니. 그래서 미강은 꼬마가 좀비로 변할 것이라는 티끌만 한 전조조차 감지하지 못했었다. 그렇기에 충격이 매우 컸다. 이렇게 단시간에 좀비로 바뀐 경우는 처음이었다.

"저 앤 틀렸어."

혼란스런 미강의 마음을 읽었는지 룩이 담담히 말하더니, 미강의 어깨를 잡고서 좀비로 변하는 아이에게서 최대한 멀리 떨어뜨렸다.

"뜸 들이지 마. 빨리 죽여야 돼."

룩이 그 말을 하기만을 기다렸다는 듯, 꼬마, 아니 새로운 핑크가 고개를 빠각빠각 돌렸다.

"캬악!"

모두들 기겁하며 흩어졌다.

기아아앙.

어디선가 둔탁한 기계음이 울리기 시작했다.

"으캬캬아!"

핑크는 비명인지 포효인지 모를 고성을 내지르기 시작했다. 수현이 전기톱을 휘둘러 그의 오른팔을 절단해버린 것이다.

퉁. 파다닥.

온전한 손이 달린 팔이 바닥으로 나뒹굴었다. 잘린 팔은 거대한 애벌레처럼 꿈틀거렸다. 기겁한 참모가 헐레벌떡 달아났다. 미강도 전기톱의 바퀴들이 회전하는 모습에 혼비백산했다. 자칫하면 좀비가 아니라 사람들 목이 달아날 듯했다. 여린 두 팔로 전기톱을 든 모습이 위태로워 보이긴 했지만, 수현은 전기톱을 제 몸처럼 능숙하게 다루었다.

"수현아, 조심 좀 해!"

"이건 내 세 번째 팔이나 다름없다고. 나한테 맡겨둬!"

미강의 다그침에 수현이 자신만만하게 대답했다. 그러는 사이 저만치 달아나던 핑크가 풀쩍 도약했다. 그가 착지한 곳은 바로 참모의 앞이었다. 외팔이 핑크는 순식간에 참모의 팔을 물어뜯었다.

"대장, 빨리 떼줘!"

기겁한 참모가 온몸을 발악하듯 흔들기 시작했다. 놀란 나머지 그는 쇠파이프도 떨어뜨려버렸다.

대장과 문어, 룩이 동시에 위험에 빠진 친구에게로 달려들었다. 셋은 참모를 중앙에 두고서 빙 둘러쌌다. 대장이 힘차게 쇠파이프를 내리꽂는 찰나, 핑크가 다시 뒤로 훌쩍 점프했다. 마치 기계체조 선수처럼 민첩한 몸놀림이었다. 소스라친 대장은 손에서 미끄러지던 쇠파이프를 급하게 휘둘렀다.

그 순간,

"으악! 대자앙!"

울부짖는 참모의 목소리가 귀를 찢었다. 대장이 엉겁결에 찌른 것은 핑크가 아니라, 참모의 등이었던 것이다.

상황은 갈수록 심각해졌다. 참모는 고통에 몸부림치면서 두 손으로 목덜미를 찍어 눌렀다. 목의 살점과 피부가 너덜하게 뜯겨 나간 것이다. 백점프로 난간 위로 착지한 핑크가 입을 질겅거렸다. 줄줄줄, 사슴피라도 한 사발 들이킨 듯 빨간 핏방울들이 턱을 타고 내려왔다. 핑크가 맛있게 씹고 있는 건 참모의 목덜미살이었다.

끔찍한 광경에 미강의 몸도 덜덜덜 떨렸다.

아이들이 갈팡질팡하는 동안, 핑크가 또다시 메뚜기마냥 뛰어올랐다. 펄쩍펄쩍 뛰어다니는 핑크는 행동반경이 무척 넓었다. 저러다 어디서 또 습격을 해올지, 도무지 가늠할 수가 없었다.

"안 되겠어. 일단 튀자!"

질겁한 문어가 후퇴 선언을 날렸다. 수현도 전기톱을 든 채로 주춤거리다가, 문어의 뒤편으로 몸을 감추었다.

"크아!"

핑크가 미강과 룩 쪽으로 뛰어올랐을 때였다. 미강은 가까스로 룩의 손목을 잡아채었다. 그러곤 곧장 중앙 계단을 달음박질 쳐서 내려가기 시작했다.

"어엇⋯⋯."

휘청거리다 말고 룩도 곧 미강을 따라 속도를 올리기 시작했다. 전속력으로 뛰어 내려가던 중에 미강은 흘깃, 뒤를 돌아보았다. 마지막으로 눈에 들어온 풍경은 더할 나위 없이 잔혹했다. 쉬지 않고 날뛰던 핑크는 첫 희생자인 참모에게로 되돌아갔다. 그는 의식을 잃어가는 참모의 등 위로 가뿐히 착지했다. 그러곤 목마를 탄 채로 참모의 뺨을 물어뜯기 시작했다.

"대자앙!"

고통 속에서 참모가 내지른 마지막 비명. 역시나 '대장'이었다.

최고의 대피소

미강과 룩은 컴컴한 복도를 침착하게 걷고 있었다. 그들은 현재 1층의 교실들을 되짚어 나가는 중이었다. 뛰지는 않아도 경보하듯 빠른 걸음이었다.

쿵쿵쿵.

그러는 중에도 위층에서 핑크로 변한 아이가 날뛰는 소리가 들렸다.

혹시라도 대장과 문어가 합심해서 핑크와 혈전을 벌이고 있는지, 그렇지 않으면 모두들 달아나버리고 핑크 좀비 혼자서 환희의 점프를 계속하고 있는지, 되돌아가서 확인할 용기는 없었다.

"뭘 찾고 있는 거야?"

룩이 영문을 몰라 물었다.

"쉿!"

미강은 그의 입을 막아버렸다. 온 신경을 집중하지 않으면 최고의 은닉처를 찾지 못할지도 모르기 때문이었다. 복도의 끝까지 다다르자 미강의 눈동자가 번뜩였다.

"찾았다."

미강이 가리킨 것은 복도 끝에 위치한 또 하나의 복도였다. 사실 복도라고 불리기도 모호한 좁은 통로에 지나지 않았지만 말이다. 복도 끝이 막다른 벽이리라 짐작하고 있었던 룩. 그는 뜨악한 표정으로 미강을 마주 보았다. 한 명이 겨우 빠져나갈 수 있을 만큼 통로의 너비가 좁았다. 그럼에도 룩과 미강의 덩치가 평균치라서 통로를 통과하는 데 어려움은 없었다.

미강이 먼저 좁은 복도로 들어섰다. 통로에 발을 디디자마자, 시야가 급격히 어두워졌다. 통로는 창문 하나 없이 회백색 벽으로 막혀 있었다. 미강은 두 손으로 벽을 짚어가며 전진했다. 룩도 군말 없이 벽에 붙어 따라가기 시작했다. 둘 다 이 학교가 처음이다. 그런데도 미강이 이 은밀한 복도의 존재를 아는 건, 필시 뭔가 이유가 있으리라고 룩은 속으로만 추측했다.

30여 미터쯤 갔을까. 시야가 확 밝아졌다. 미강이 눈을 게슴츠레 떴다. 무척 짧은 거리였음에도 불구하고 긴 밤을 지나 광명의 아침을 맞은 느낌이 들었다. 놀랍게도 새로운 복도가 나타났다. 두 사람이 통과한 좁은 통로는 본관에서 별관으로 뚫린 복도였던 것이다.

별관의 상태는 현대적인 본관과는 상당히 달랐다. 훨씬 낡고 바랬다. 한 걸음 내딛을 때마다 삐걱삐걱, 오래된 나무판자들이 비명을 질렀다. 나무판들이 줄을 지으며 들썩거리는 소리에 미강의 빈 속까지 들큰거릴 지경이었다.

별관은 단층짜리 건물로 구조가 단조로웠다.

6학년 5반과 6반, 딱 두 개의 교실과 화장실 하나밖에는 없었다. 하다못해 입출구도 존재하지 않는다. 사방이 꽉 막혀 있다. 숨통을 풀어주는 구멍은 교실 바깥쪽으로 뚫린 창문 몇 개밖에 없었다.

미강은 대충 훑어본 뒤, 통로의 연결지점으로 되돌아갔다. 그러곤 통로 입구에 책상들을 척척 쌓기 시작했다. 별관으로 통하는 길을 막을 바리케이드를 쌓는 것이다. 좀비들이 넘어오다 책상에 걸려 소음이 나면, 최소한 그들의 잠을 깨워주리라 기대하면서.

룩도 의자와 책상들을 가져와 쌓기 시작했다. 사이렌이 울리기까지 시간이 얼마 남지 않았다. 이 상태로 집으로 돌아가기는 무리였다. 이렇게 멀리까지 나와 본 적도 없었다. 어쩌면 이 근방에선 사이렌이 울리지 않을지도 모른다. 그렇다 해도 친구들과도 헤어진 마당에 운명을 시험해 보기에는 위험부담이 컸다.

한참 오토바이를 몰고 가다 사이렌이 울리면? 답이 없었다. 몰려드는 좀비들의 밥이 되고 말리라.

두 개의 교실 모두 앞문, 뒷문 할 것 없이 활짝 열려 있다. 책상과 의자들은 벽 쪽으로 밀어붙여진 상태. 나무 바닥에 더러운 이부자리와 박살 난 생활용품들이 즐비했다. 대피한 주민들이 별관까지 흘러 들어와 자리를 잡고 산 흔적들이었다. 문득 미강은 착잡해졌다. 더러운 이부자락에 코를 파묻고 자는 사람들의 모습이 눈앞에 아릿하게 그려졌기 때문이다.

'혹시 여기에 엄마와 지안이도……'

거기까지 생각하다가 미강은 도리도리 고개를 저었다. 룩은 교실을 돌아다니며 창문을 닫아걸고 커튼도 쳤다. 최소한의 대비가 끝난 후, 미강은 6학년 6반 교실로 들어가 책상을 당겨 앉았다. 꾹 참고 있던 룩이 뭔가 물으려는데, 미강이 선수를 쳤다.

"이 학교에선 여기가…… 최고의 대피소래."

"누가 그래?"

"레몬이."

미강이 씨이익 입꼬리를 올렸다. 그렇다. 별관의 장소를 가르쳐 준 사람은 바로 레몬이었다. 성곡초등학교는 오래된 학교를 허물고 재건축한 학교였다. 낡아빠진 교정을 허물고 신관을 세우는 과정에서 이 창고 건물만은 살아남았다. 올해에 학생 수가 늘어나면서 두 개 교실이 별관에 임시로 들어왔단다. 레몬은 미강에게만 말해주었다. 만약 위험한 일이 생기면 별관으로 튀라고 말이다.

"여기에 레몬이 있었다고?"

룩은 신기한 듯 교실 안을 돌아다녔다. 여기저기 돌아보다가, 그는 문득 학급 게시판에 붙은 아이들의 그림을 주시했다. 게시판에 빽빽하게 붙여졌을 그림들은 대부분 없어지고, 몇 장 남지 않았다. 사절지에 비뚤비뚤 학교 풍경을 그린 뒤 과하게 튀는 색색의 물감으로 덧칠한 그림들. 어디서나 볼 수 있는 아이들의 서투른 그림이었다.

룩은 그 그림들을 꼼꼼하게 감상하면서 게시판 앞에서 오래도록 서 있었다. 여전히 그림을 응시한 채로 그가 물었다.

"레몬 집이 어디라고 했지?"

"해강…… 아파트가 아니고 큰 집이라고 했어. 학교 바로 뒤라니까 내일 지나가는 길에 들러보자."

"음, 레몬은……."

혼잣말로 중얼거리는 룩.

"안 들려. 방금 뭐라고 했어?"

미강의 물음에 룩이 손사래를 쳤다.

"아냐. 가보면 알겠지 뭐. 레몬이 궁금해할 테니 꼭 들러보자고."

"응. 그런데 대장은 괜찮을까?"

미강은 작은 죄책감에 시달리는 중이었다. 참모는 이미 끝난 목숨이라 해도, 대장과 남아서 좀비와 맞서 싸우지 못한 자신이 비굴하게 느껴졌기 때문이다.

"그 인간이 허무하게 나자빠질 캐릭터는 아니잖아. 오징어인지 문어인지도 만만한 놈은 아니고. 그리고 수현이는…… 정말이지 중딩 주제에 너무 되바라진 거 아니야? 그 깡은 어디서 나온대?"

룩은 수현을 떠올리며 학을 뗐다.

"걔가 좀 그렇긴 하지."

넌더리를 내는 그의 모습이 재미있었을까. 미강도 배시시 웃으며 동조했다. 미강을 따스하게 응시하면서 룩이 위로했다.

"죄책감 따윈 버려. 내가 사는 게 우선이야. 그리고 난 고마워 죽겠는걸. 혼자 가는 게 더 빠를 텐데 나까지 챙겨줘서 말이야."

"아, 그건 네가 바로 옆에 있으니까 얼떨결에……."

미강의 뺨이 발그레해졌다. 룩의 손을 잡고 달리는 모습이 영화의 한 장면처럼 스쳐 지나갔다. 저도 모르게 한 돌발행동이었다.

"너도 뉴그린에서 우리를 도와줬잖아. 참, 친구가 아니라고 할 땐 언제고. 왜 우릴 도와줬대?"

"생각해봤는데, 너희가 죽으면 또 혼자가 되겠더라고. 내가 보기보다 외로움을 타는 성격이라……."

룩은 머쓱하게 웃었다.

그때였다.

위이이이이잉.

익숙한 사이렌 소리가 울리기 시작했다. 정각 8시. 인간 세상이 문을 닫아거는 소리가 교정 안까지 귀 따갑게 파고들었다.

"여기도 사이렌 소리가 들리는군."

룩이 볼멘소리를 터뜨렸다.

"진짜 이상해. 저 사이렌 소리는 어디서 나는 걸까?"

"내버려둬. 누가…… 청소년 귀가 알람을 맞춰놨나 보지. PC방처럼, 망할 자식들."

"아하핫!"

미강은 또 웃어버렸다. 미강은 룩이 좋았다. 그가 진지한 얼굴로 농담을 하니 더 좋았다. 그와 시시한 잡담을 하고 있을 때만은 일상에 젖어든 듯 편안해지는 점. 그 점이 가장 좋았다.

*

새벽녘.

콰당.

해진 이불을 덮고 자던 미강의 눈이 번쩍 떠졌다.

"뭐……야?"

룩도 기지개를 켜며 잠을 깨었다.

미강은 부스스하게 내려온 앞 머리카락을 쓸어 올리다 말고 멈칫했다. 통로 입구에 쌓아놓은 책상들이 내동댕이쳐지는 소리라는 걸 깨달은 것이다.

"감염자가 들어왔나 봐."

"쉿. 조용히 빠져나가자."

룩은 엄지손가락을 뒤로 젖혀서 교실 창문을 가리켰다. 창문만 열면 출구가 된다. 미강은 꿀꺽 침을 삼키고서 유령처럼 몸을 일으켰다. 민첩한 룩은 이미 창문을 열어젖히고 있었다.

끼끼끼끼.

어둠을 깨는 거창한 잡음에 비해 창문이 잘 열리지 않았다. 이음새가 상당히 뻑뻑했다. 미강도 유리창에 손바닥을 대고 룩과 함께 밀기 시작했다.

쾅!

뭔가가 복도에서 6학년 6반의 교실 문을 들이받았다.

뒤를 돌아본 미강은 기겁했다. 하필 별관의 침입자는 핑크였다. 참모를 물어뜯은 그놈, 미강의 눈앞에서 변해버린 그 꼬마 말이다.

"왜 이렇게 안 열려?"

짜증을 내던 룩이 별안간 교실 뒤쪽으로 뛰어갔다. 그러더니 두 손으로 의자를 짚으며 외쳤다.

"유리창에서 나와. 어서!"

미강이 창가에서 멀찍이 떨어졌다.

"미안. 다른 방법이 생각 안 나."

"뭐가?"

미강의 눈동자가 동그래질 무렵, 룩이 의자를 유리창으로 날렸다.

챙그랑!

콰앙!

유리창이 깨지는 동시에 교실문도 박살이 났다. 창문 유리가 산산조각이 나서 구멍이 뻥 뚫렸다.

"꾸물대지 말고 너부터 나가."

룩의 지시대로 미강은 창가로 올라간 뒤, 몸을 바짝 웅크려 창문을 빠져나갔다. 창문 곳곳에 뾰족하게 튀어나온 유리 조각을 건드리지 않도록 노력하면서. 미강은 창문 너머 풀밭에 안전하게 착지했다. 곧바로 룩도 근처의 책상을 디디고 창가로 올라갔다. 그가 막 유리창 틀에 몸을 들이밀려는 순간이었다.

"카륵."

핑크가 교실을 가로지르며 등을 돌린 룩에게로 달려왔다. 시력이 좋은 그것이 목표물을 놓칠 리가 없었다.

좀비가 룩을 향해 긴 팔을 뻗었다. 그러자 미강이 놀라서 외쳤다.

"룩, 어서 뛰어내려!"

룩이 공중으로 몸을 날렸다.

"크르륵."

몇 시간 사이에 더 흉흉한 몰골로 변한 좀비의 손이 룩의 운동화 끈을 잡아채었다. 꼬리를 잡힌 지렁이마냥 스륵스륵, 운동화 끈이 풀려나갔다. 하지만 그뿐. 룩은 6학년 6반 교실에서 무사히 탈출했다. 꼬마 좀비가 운동화 끈을 놓쳐버린 것이다.

룩이 화단 바닥으로 내려오자, 좀비 소년은 깨진 창 너머로 룩과 미강을 무표정하게 응시했다. 그 즉시 미강이 가방에서 분무기를 꺼내었다. 그리고 그것을 아이의 얼굴에 겨냥했다.

"배고프지? 이거나 먹어."

치이이이익.

분무기 입구가 열리며 세정제가 흩뿌려졌다.

"크아아악!"

미강은 일전에 쇼핑몰에서도 이 분무기를 분사하여 펑크를 쫓은 적이 있었다. 이 호신용 분무기는 좀비를 한 번에 죽이지는 못해도 시간은 벌 수 있다.

"중앙 현관으로 가자!"

룩은 이대로 학교를 탈출할 생각이었다. 그들이 학교에 도착했을 때, 중앙 현관에 오토바이 석 대를 나란히 주차시켰다. 지금으로서는 그 오토바이가 그대로 남아 있길 바랄 수밖에 없었다. 룩과 미강은 사력을 다해 뛰기 시작했다. 뛰면서 미강이 거리를 가늠해보았다.

본관 건물은 매우 크고 길었다. 그러나 운동장을 가로질러가면 중앙 현관이 금방이었다.

"이쪽이 더 빨라."

미강이 방향을 틀어 운동장으로 뛰어들었다. 발을 지칠 때마다 모래 알갱이들이 타닥타닥 튀어 올랐다. 두 사람 발치로 흙먼지가 뭉글뭉글 피어올랐다.

"씨발, 절대 멈추지 마!"

룩이 욕을 하며 한층 더 빨리 달리기 시작했다. 미강도 입술을 꽉 깨물었다. 뒤돌아보지 않아도 알 수 있었다. 핑크 좀비가 그들을 맹추격하고 있음을. 뒤에서 흙먼지가 집채만 한 파도로 몰려들었기 때문이다. 핑크는 달리지 않았다. 장대높이 선수마냥 껑충껑충 점프하고 있었다. 따라잡히는 건 시간문제였다.

"허억 허억……."

미강이 헐떡거렸다. 쫄쫄 굶은 채로 뛰려니 죽을 맛이었다.

"있어!"

룩이 희망에 부풀어 고함쳤다. 마하 세븐이 있었다. 그 자리에 그대로. 룩은 주머니에 넣어둔 열쇠를 꺼내들고서 날듯이 중앙현관으로 달려 나갔다.

부아아앙.

룩은 지체 없이 시동을 걸었고, 미강도 재빨리 그의 뒤에 앉으며 급한대로 헬멧을 뒤집어썼다.

"크르르르."

중앙 현관까지 쫓아온 핑크는 이제 마하 세븐 쪽으로 점프했다.

"엎드려!"

룩은 상체를 숙이면서 오토바이를 출발시켰다. 마하 세븐은 아슬아슬하게 핑크를 지나쳤다. 그러곤 쏜살같이, 매끈하게 뻗어나갔다. 눈앞에서 먹잇감을 놓쳐서 성이 난 핑크가 오토바이 꽁무니로 따라붙었다. 마치 발밑에 용수철이라도 장착한 듯 핑크는 더 높이 점프했다.

"엑!"

미강이 비명을 꽥 질렀다. 크게 도약한 핑크 보이가 뒷좌석의 미강에게로 달려든 것이다. 쩍 벌려진 핑크의 입이 미강의 헬멧을 물었다. 깡. 부딪힌 강도가 얼마나 강했는지, 핑크의 이빨들이 뽑혀서 허공으로 튕겨 나갔다. 만약 미강이 헬멧을 쓰지 않았더라면 얼굴이 찢겨 나갔을 터였다.

"왜 그래?"

룩이 놀라 핸들을 꺾었다. 오토바이가 회전하며 제자리를 맴돌

왔다. 공회전에 밀린 핑크의 가느다란 몸이 쿵, 바닥으로 곤두박질 쳤다.

"난 괜찮아. 빨리 가기나 해!"

핑크는 땅에 떨어지자마자 발딱 일어났다. 그러나 룩이 더 빨랐 다. 오토바이가 학교를 빠져나가면서 핑크도 순식간에 멀어졌다.

'또…… 살았어.'

미강은 눈물이 핑 돌았다. 학교에서 영영 나가지 못하는 게 아 닐까. 대장까지 죽었으면 어쩌지? 내색은 안 했지만, 내내 불안했 던 것이다.

미강이 안정을 되찾자 룩이 말했다.

"거봐. 걔들은 괜찮을 거라 했지? 하여튼 대단들 해."

여유를 되찾은 미강. 비로소 중앙 현관에 세워두었던 나머지 오 토바이들이 사라졌다는 사실을 깨달았다. 마하 세븐은 중앙 현관 에 덩그러니 혼자 있었다. 그건, 적어도 두 명 이상은 살아서 두 대 의 오토바이를 몰고 갔다는 뜻이다.

'대장도 탈출했구나!'

미강은 안도의 한숨을 몰아쉬었다.

"근데 말이야. 경황이 없어서 그 자식 이름도 묻지를 못했네. 참 순진하고 착한 애였는데."

룩이 쓸쓸하게 말했다. 핑크로 변한 남자아이가 생각난 것이다.

"됐어. 죽은 놈 이름은 뭐 하려고. 알아봐야 기분만 찝찌름해져. 이름 같은 건 모르는 게 나아."

그렇게 말하는 미강의 말투도 울적했다. 꼬마는 죽었다. 그리고 핑크 괴물이 탄생했다. 그 둘은 각각 별개의 독립체였다. 그래서 미강은 아픈 친구가 돌아오길 기다리던 그 꼬마를 미워할 수가 없었다.

셔터의 틈

얼마 뒤.

오토바이에서 내린 미강과 룩. 새까맣게 탄 건물 더미를 더듬어 보는 중이었다.

"정말 여기야?"

레몬의 집을 찾았다. 굳이 생존자들을 찾기 위해 건물 안에 들어갈 필요는 없었다. 해강은 완전히 불에 탔고, 그 자리에 무너진 잔해들만 남아 있었기 때문이다.

"게시판 그림에 이 건물이 그려져 있더라고. 해강원이라는 이름 때문에 고아원이 아닐까 했었어. 아니길 바랐지만."

"난…… 몰랐어."

레몬의 집이 전소되었다는 사실보다 더 미강의 말문을 막히게 한 건, 바로 해강의 정체였다. 해강은 일반적인 집이 아니라 고아원이었다. 미강에게 해강이란 단어를 말하며 머뭇거리던 레몬이 생각났다. 옥탑방에 들어온 뒤로 줄곧 레몬은 자신이 고아원 출신이라는 걸 숨겼다. 아마 부모가 싫어서 나온 게 모양이 더 낫다고 여겼으리라. 하기야 부모를 싫어하는 아이들도, 부모가 없는 아이를 부러워하지는 않았다. 오히려 깔볼 뿐이었다. 그러고 보면 그들의 행동은 상당히 이율배반적이다. 부모를 그토록 싫어하면서도, 또 부모가 원래부터 없거나, 먼저 사라지는 건 견디지를 못한다.

찰칵.

룩이 휴대폰으로 해강원의 사진을 찍었다. 잔뜩 그을린 해강원의 간판도.

"그만 가자. 친구들이 기다릴 거야."

미강은 좀처럼 발걸음이 떨어지지 않았다. 늘 과하도록 밝게 행동하는 레몬과 불에 탄 고아원이 매치가 되지 않았기 때문이다. 그래서 미강의 심장이 저릿해졌다.

"레몬을 동정하거나, 특별하게 대할 필요는 없어. 지금은 우리도…… 고아잖아."

"으응."

오토바이에 오른 미강. 슬픈 눈으로 룩의 허리를 껴안았다. 그러다 흘끗, 시선이 다시 해강원을 향했다.

'레몬에게 무슨 말을 어떻게 해줘야 할까?'

미강에게 풀어야 할 작은 숙제가 생겼다.

*

내리 몇 시간이나 달렸을까. 미강과 룩은 정오쯤에 옥탑방에 도
착했다. 분도와 레몬은 그들을 열렬히 환영해주는 반면, 대장은 반
응이 없었다. 참모의 죽음은 현웅 때와는 달랐다. 간신히 유지되던
여섯 명의 균형이 깨어져서일까. 아니면 참모에게 정이 유독 더
깊이 들었던 것일까. 대장은 참담한 표정으로 말이 없었다. 미강을
보고서도 인상만 구길 뿐이었다.

미강은 반나절을 잠으로 때운 후에야 깨어났다. 이미 한밤중. 미
강은 굶주린 배를 쓴맛이 나는 물로 채운 뒤, 마당으로 나섰다. 냉
한 겨울 공기에 졸음이 확 달아났다. 옥상엔 대장이 있었다.

"알아? 너 변했어."

그는 코를 얼어붙게 하는 날씨에도 불구하고 마당의 평상 위에
누워 있었다. 대자로 뻗은 채로. 마치 밤하늘과 눈싸움이라도 벌리
는 듯 얼굴이 석고상같이 굳은 데다, 전신에는 진한 알코올 냄새
가 맴돌았다.

"형, 혼자 도망가서…… 미안해. 진짜 무서워서 그랬어."

미강이 조그맣게 사과했다.

"그 얘기가 아니야. 너 요즘 룩 그놈이랑만 붙어 다니잖아."

"그야…… 친구니까."

"친구? 훗, 언제 네가 우리를 친구로 생각했었지? 너는 우리랑 다르다고 생각하잖아. 네 본심을 내가 모르는 줄 알아? 있는 척해 봐야, 너도 우리랑 똑같아. 네 엄마는 널 찾지도 않았잖아? 전화도 한 통 안 왔지."

대장이 미강의 아킬레스건을 건드렸다.

"닥쳐! 엄마 얘긴 하지 말랬지?"

미강은 신경질적으로 고함을 내질렀다.

"사기꾼 같은 새끼가 그렇게 좋아? 잘 들어. 문어가 그러더라. 저 새끼 얼굴이 낯이 익다고. 그런데 나도 그래. 분명 어디서 본 놈이야. 어디서 봤을까, 뭔가 구리지 않아?"

"그래서 어쩌라고? 비슷하게 생긴 사람이 세상에 얼마나 많은데. 괜한 트집 잡지 마. 하고 싶은 말이 있다면 맨 정신으로 해. 형의 술주정은 듣고 싶지 않으니까."

미강은 대장을 설득하는 것을 포기하고 홱 돌아서버렸다.

"가지 마!"

발딱, 대장이 일어나 미강의 팔을 잡아챘다.

"참모가 죽었다고. 그런데 너까지 나를 떠나면 우리 가족은 어떻게 되니? 내 말, 모르겠어? 플라이만 찾으면 우리는 아무 걱정 없이 살 수 있어. 진짜 가족처럼. 지금까지 그래 왔던 것처럼 즐겁게! 그러니까 저 사기꾼 새끼 말은 듣지 말란 말이야!"

호소력 짙은 대장의 눈빛은 전에 없이 또렷했다. 미강은 차츰 당황하기 시작했다. 그때였다.

"대장, 나는 사기꾼이 아냐. 어떻게 하면 나를 믿을래? 내가……
플라이하이를 구해주면 믿을래?"

룩이었다. 그는 호주머니에 손을 푹 집어넣은 채로 서 있었다.
대장과 미강의 대화를 다 들은 것이다. 대장은 움찔하면서 미강의
팔을 놓아주었다.

"네까짓 게 어떻게 구해? 허풍 떨지 마, 개새끼야. 대체 네 정체가 뭔지, 그거나 까봐!"

"대장이 원한다면 지금 당장이라도 구해줄 수 있어. 나는 플라이하이가 있는 곳을 알거든. 아주 정확하게."

"뭐?"

대장의 눈동자가 왕방울만 해졌다.

룩은 평온한 얼굴로 까닥까닥, 손짓을 했다.

"플라이하이, 플라이하이 노래를 부르더니. 막상 가자니까 겁나? 그럼 관두시든가."

"겁나기는! 없기만 해봐. 이 손으로 네 멱을 따줄 테니까 각오해."

대장이 자리를 박차고 일어섰다. 잔뜩 흥분한 얼굴이었다. 룩이 하도 진지하니 혹시나 하는 기대감이 든 모양이었다.

'룩, 무슨 생각으로 그래? 플라이하이가 없으면 대장은 널 정말 쫓아낼 거야!'

반면 미강의 근심은 심연으로 치달았다.

*

세 명이서 야간 사냥을 나왔다. 정말로 무모한 짓이었다. 그렇지만 앞뒤 따져볼 새도 없이 대장과 룩이 튀어나가니, 미강도 덩달아 나설 수밖에 없었다. 룩은 목표 지점을 구체적으로 알려주지 않았다. 한 시간 정도만 걸어가면 된다고만 했다. 이 밤에 오토바이를 몰 수도 없는 노릇이라, 대장은 밤 산책에 두말없이 찬성했다. 룩은 묵묵히 앞만 보고 걸어갔고, 대장은 여전히 반신반의하면서도 그를 놓치지 않으려고 맹렬히 걸었다.

그들은 미로처럼 뻗은 골목길을 미꾸라지마냥 헤치고 나갔다. 옥탑방에서 멀어질수록 미강의 초조함은 커져갔다. 그러다 룩이 번화가가 아닌 주택 단지 쪽으로 들어가니 웬일인가 싶었다. 그쪽으로는 발을 들인 적이 없었기 때문이다. 골목에서 불쑥 튀어나오는 좀비들과 몇 번 마주쳤다. 그럼에도 위험한 밤 산책은 계속되었다. 셋 중 누구도 되돌아가자는 말을 감히 입 밖으로 꺼내지 않았다.

"저기야."

드디어 룩이 발을 멈추고 한 집을 가리켰다. 미강의 눈이 휘둥그레졌다. 그가 가리킨 3층 집은 TV 드라마에서나 보던 서양식 고급 주택이었기 때문이다.

"안에는 못 들어가겠는데?"

대장이 실망한 투로 말했다. 집 주위에 철조망이 둘러쳐져 있기 때문이다. 노란색 출입 금지 테이프들이 어지럽게 발린 정문과 철조망들. 노란 폴리스 라인을 군데군데 뜯어낸 흔적들도 있었다. 그렇다 해도 정문으로 뚫고 들어가기는 무리였다.

"이 집 도대체 뭐야?"

대장이 물었다. 룩은 대답 없이 왼쪽 차고로 친구들을 데리고 갔다. 정문을 기점으로 두 개의 차고가 있었다. 둘 다 두꺼운 셔터가 내려 닫힌 채였다. 룩은 아스팔트 바닥에 무릎을 굽혔다. 그러곤 왼쪽 차고의 셔터 문 아래를 더듬다가 툭, 무엇인가를 빼내어 들었다. 두터운 시멘트 벽돌이었다.

놀란 미강의 시선이 아래로 향했다. 자세히 관찰해보니, 셔터 문 중앙이 오목하게 우그러져 있다. 룩이 받침돌을 빼내자마자 셔터가 덜컹거리며 흔들렸다.

"뭐해? 도와줘."

룩은 낑낑거리며 셔터를 올리기 시작했다. 대장과 미강이 그를 도와 힘겹게 셔터를 열어 올렸다.

"됐다!"

셔터가 얼추 50센티미터 정도 올라간 순간. 룩이 멈추었다.

"이 정도면 충분해. 들어가면 다시 닫아야 하거든."

대장과 미강이 차례차례 몸을 굴려 차고로 들어갔다. 마지막으로 차고로 들어온 룩은 애써 올린 셔터를 다시금 내리기 시작했다.

끼키키킹.

문이 심하게 덜컹거리면서 큰 소음을 일으켰다.

조금씩 안도감이 차오를 즈음,

"크륵⋯⋯."

시커먼 얼굴 하나가 차고로 진입을 시도했다. 깜짝 놀란 미강이 주춤하는 동안, 대장이 날렵하게 움직였다. 그는 손에 든 해머를 골프채처럼 들어 좀비의 얼굴을 가격했다. 퍽, 좀비의 머리통이 허공으로 날아가버렸다. 대장은 만족스러운 듯 중얼거렸다.

"훗, 나이스 샷."

마침내 셔터 문을 끝까지 내린 뒤. 룩은 비뚤어진 문틈에 시멘트 벽돌을 되돌려 끼웠다.

"이걸 끼워놔야 셔터가 고정이 되거든."

다시 미강이 물었다.

"그런데 대체 여기가 어디니?"

"연해린의 집."

룩이 씁쓸하게 미소 지으며 말했다.

"뭐?"

대장이 해머에 묻은 검푸른 진물을 닦아내다 말고 턱을 쳐들었다. 정말로 놀란 것이다.

룩은 묵묵히 차고를 통해 집 안으로 들어갔다. 연해린이 몸을 날린 집은 이 집이 아니었다. 사거리 번화가에 위치한 펜트하우스였다. 물론 인기 연예인인 연해린에게 집이 몇 채 더 있다고 해서 놀랄 일은 아니다. 미강이 가장 궁금한 점은, 룩이 언론도 모르는 연해린의 집을 알고 있는 이유였다. 잠시 침묵에 잠겼던 대장의 입이 벌어졌다. 스스로 해답을 찾아낸 것이다.

"이런 씹새끼, 그게 너였구나!"

그는 룩에게 비호같이 달려들었다. 그러곤 룩의 멱살을 잡고서 흔들기 시작했다.

"어디서 봤다 했더니, 너였어. 너였다고!"

이번에는 미강도 대장을 말릴 생각을 하지 못했다. 미강의 눈은 축구장만큼 넓은 거실을 지나 한쪽 벽에 매달린 사진으로 이동했다. 벽 하나를 차지할 만큼 거대한 가족사진. 그 사각의 프레임 속에서 연해린이 환하게 웃고 있었다. 그리고 그녀의 옆에는 룩이 있었다. 지금보다 좀 더 어려 보이는 그가.

"살인자 새끼, 이 개새끼!"

대장은 룩을 계속해서 흔들어대었다. 미강은 새삼 생각이 났다. 미강도 예전에 룩의 사진을 본 적이 있었다.

첫 좀비, 연해린. 그녀는 종말의 첫날 출동한 경찰에 의해 사살되었다. 그녀의 사체는 즉각 연구소로 넘겨졌다. 또한 매니저와 가족들도 여기저기 불려 다니며 심도 높은 조사를 받아야만 했다. 그러나 그들은 연해린의 갑작스런 발광과는 아무런 연관이 없음이 밝혀졌다. 그럼에도 사람들은 그녀의 가족들에게서 의심을 거두지 않았다. 언제부터인가 경찰국에 드나드는 연해린 가족들의 파파라치 사진이 온종일 인터넷 포털 사이트를 장식하기 시작했다.

그중, 룩의 사진도 있었다. 미강은 또렷이 기억하고 있었다. 룩이 마치 연쇄살인범이라도 되는 듯 웅크리고 시선을 피하는 사진 한 장을. 야구모자에 가려서 그늘이 옴팡지게 진 얼굴. 이목구비가 똑똑히 그려지지는 않았다. 그럼에도 언뜻 비추인 룩의 눈빛은 미강의 가슴을 후려칠 만큼 슬펐다. 그것은 상실의 눈빛이었다. 상황이 어떠하든, 그는 엄마를 잃은 것이다. 룩은 소중한 부모를 잃은 아이에 지나지 않았다. 부모를 잃은 일에 대해서 위로받아야 할 아이였다. 그러나 흥분한 사람들은 그 점을 인정해주지 않았다. 좀비로 변해 사람들을 물어뜯은 괴물도 어제까지 한 아이의 엄마였다는 사실을 무시했다.

"살인자? 네가 뭘 알아? 모르면서 함부로 지껄이지 말란 말이야!"

룩이 돌변했다. 그는 대장의 멱살을 마주 잡았다. 눈꺼풀 속에 꽁꽁 감춰두었던 분노와 슬픔이 한순간에 폭발했다.

"연해린 가족이라면 전부 몰매 맞아 죽은 줄 알았지. 용케도 살아 있었군. 더러운 바이러스 새끼야, 퉤."

대장은 그의 면전에 침을 뱉었다.

"으아악!"

퍼억. 불끈 쥔 룩의 주먹이 대장의 배를 강타했다.

"그만둬!"

놀란 미강이 고함을 쳤다. 그러나 진짜 싸움은 지금부터였다.

"어쩐지. 넌 첨부터 재수가 없었어, 새끼야!"

쫘악, 대장은 룩의 뺨을 후려갈겼다. 둘은 사각의 링 위에 오른 복서처럼 필사적으로 서로에게 주먹을 휘두르기 시작했다.

20분 뒤, 미강은 얼굴을 무릎에 파묻고서 엉엉 울고 있었다.

"그만하란 말이야, 제발……."

한참을 싸우던 대장과 룩은 이미 저만치 나가떨어졌다. 그런데도 미강은 왠지 슬퍼서 눈물을 멈출 수 없었다.

"초상났냐? 그만 울어. 애들은 다 싸우면서 크는 거 몰라? 이 정도 가지고 뭘 그래?"

룩이 흥건히 묻은 코피를 휴지로 훔치고는 소파에 가서 앉았다. 오른쪽 뺨과 눈이 벌겋게 부어올랐다. 그러나 그는 별로 개의치 않았다.

"골이 흔들려 죽겠네, 아씨!"

대장도 비틀거리며 소파로 왔다. 그는 보란 듯 룩의 반대편에 누웠다. 테이블을 사이에 두고 그들은 매섭게 서로를 노려보았다. 그러다가 서로를 외면했다. 더 싸울 기력이 없는 것이다.

"새끼야, 누가 속이래? 미리 말했음 좋았잖아!"

"내가 연해린 아들이라면 받아줬겠냐? 잘도 그랬겠다! 위선 떨지 마."

힘없이 쓴웃음을 짓는 룩의 말에 대장이 겸연쩍어하며 입을 닫았다. 틀린 말이 아니었기 때문이다.

"솔직히 너희들이 날 받아줘서 기뻤어. 외할머니가 돌아가신 뒤로는 쭉 이 집에서 혼자 지냈거든. 식량을 구할 때만 나오고. 그걸로 괜찮은가 했는데, 나중에는 사람들을 피해 다니는 것도 지겨워서 진짜 돌아가시겠더라고."

"불쌍한 새끼."

"그래, 나 불쌍해. 상상이 돼? 너희는 좀비들만 피하면 되지만, 나는 사람도 피해야 해. 저번에는 이웃 아저씨들에게 걸려서 맞아 죽을 뻔한 적도 있어."

"그러니까 불쌍한 새끼 맞네. 그나저나 연해린은…… 너희 엄마는 어떻게 된 거래?"

대장은 순수하게 호기심을 드러내었다. 질펀한 몸싸움으로 룩에 대한 미움은 어느정도 소진된 듯했다.

"몰라."

룩은 건조하게 대꾸했다. 욱신거리는 코를 두 손가락으로 꾹꾹 누르면서.

"엄마는 아버지랑 이혼하고 조울증이 심했어. 입버릇처럼 예쁜 척하는 게 지겨워서 연예인은 은퇴하겠다고 그랬지. 강남에 레스토랑이나 차려 살겠다고. 그래도 내겐 평범한 엄마였어. 그냥 예쁘고, 바쁜 엄마……."

벽의 사진을 아련하게 쳐다보는 룩. 사진 속의 연해린은 불혹을 넘은 나이를 잊게 할 만큼 아름다웠다. 연해린은 5년 전 이혼하고 외동아들인 룩과 둘이서 살고 있었다. 재미교포였던 아버지는 미국으로 완전히 거처를 옮겨갔다. 룩은 부모님의 이혼에 크게 슬퍼하지 않았다. 사업에만 신경 쓰던 아버지와는 깊은 정을 나누지 못했기 때문이다. 룩의 엄마 연해린은 드라마 작업으로 항상 바빴다.

그녀는 분명 극성스런 엄마는 아니었다. 덕분에 룩은 지나치다할 만큼 자유롭게 자라났다. 이따금씩 엄마가 그의 학교생활을 물어오면 오히려 어색하달까. 룩은 어렸을 때부터 부모님과 친밀한 시간을 지내본 적이 없었다. 그러다 보니 소통하지 않는 쪽이 더 편했다. 친구들이 부모님과 지지고 볶고 싸우는 게 이해가 되지 않았다.

룩이 엄마의 우울증이 심해지고 있다는 걸 깨달은 건, 작년 겨울 무렵이었다. 엄마가 잠들기 전에 꼬박꼬박 약을 챙겨 먹기 시작했기 때문이다.

룩이 무슨 약이냐고 물었을 때, 연해린은 불면증 때문에 수면제를 처방받았다며 얼버무렸었다. 그 후에도 연해린은 두통을 호소하며 약을 습관처럼 챙겨 먹었다. 그러다가 언젠가부터는 이 집에도 잘 들어오지 않았다. 빌라에서 혼자 머무는 시간이 더 길어졌다.

'남자 친구라도 생겼나?'

룩은 얼핏 의심을 했지만 그뿐이었다. 그는 엄마의 삶에 관여하지 않았다. 엄마가 없으면 친구들을 불러와 놀면 되었다. 어지르면 가정부 아줌마가 집을 치워주었다. 용돈 등 필요한 것들은 매니저 아저씨나, 외할머니에게 전화 한 통만 하면 해결됐다. 엄마가 없다고 딱히 아쉬울 게 없었다. 그래서 룩은 엄마의 사생활에 대해서 아는 바가 없었다. 어쩌다 연해린이 나오는 장면을 보면 즉각 채널을 돌려버렸다. 아이러니하게도 TV 속의 여자는 그의 엄마이 되, 엄마가 아니었으니까.

"플라이하이는 어디 짱박아놨어?"

대장이 슬슬 안달을 내었다. 룩이 피식 웃으며 대답했다.

"거기 있잖아. 아까부터."

"에?"

대장이 소스라치며 상반신을 일으켰다.

"네 앞에."

느릿느릿, 룩이 손가락을 들어 테이블을 가리켰다. 유리 테이블 위에 보석함이 놓여 있었다. 두꺼운 원목을 깎고, 오렌지 빛의 큐빅들을 박아 넣은 보석 상자. 공을 들인 데다, 묵직해 보였다.

딸칵.

대장이 급하게 보석 상자를 열어젖혔다. 잔잔한 멜로디가 흘러나오며 거실을 메워나가기 시작했다. 쇼팽의 야상곡. 흔한 클래식 멜로디였다. 흥분한 대장의 손이 보석함 속으로 빨려 들어갔다. 유리병 하나를 낚아 올리는 그. 유리병은 하얀 알약들로 그득했다.

"이거란 말이지? 그런데 이건…… 보통 수면제 아니야?"

초조함에 대장이 혀를 날름거렸다.

"못 믿겠으면 직접 먹어봐."

심드렁하게 말한 후에, 룩이 소파에서 팽 돌아누웠다.

대장은 한 알을 꺼내 들었다. 그러고는 보석 감정사처럼 눈을 가늘게 뜨고 알약을 살펴보았다. 미강도 호기심을 이기지 못하고 알약 하나를 조심스레 꺼내들었다. 하얀색 알약의 중앙에 영문자 로고가 새겨져 있었다. 영어 대문자로 HIGH.

"진짜 하이야?"

"시중에 떠돌던 중국산 짝퉁은 아닐 거야."

룩은 연해린이 보석 상자를 테이블에 놔두던 때를 기억했다. 엄마는 드라마 촬영차 프랑스에 갔다 오면서 이 보석 상자도 함께 가져왔었다. 물론, 알약이 든 유리병은 처음부터 이 보석 상자 안에 들어 있었다. 경찰은 연해린의 빌라만 샅샅이 뒤졌다. 그러나 연해린이 하이를 복용하기 시작한 건, 이 집에 보석 상자를 갖다 놓을 때부터였다. 그 사실을 아는 건 오직 룩뿐이었다. 경찰이 물어도 그는 시무룩한 표정으로 함구했었다. 자신이 살고 있는 집까지 경찰들이 들쑤시고 다니는 게 너무나 싫었기 때문이다.

이 집은 외할머니 명의로 된 집이었다. 그래서 수색은 비교적 간단하게 끝이 났다. 룩은 보석함을 냉동실에 숨겼었다. 그리고 수색이 끝난 후 다시 되돌려놓았다. 망설인 끝에 룩은 보석함을 엄마가 했던 그대로 거실 테이블 위에 올려두었다. 딱히 어디에 놔두어야 할지, 정하기 힘들어서였다.

"너…… 이거 먹어봤어?"

"미쳤냐? 이건 마약이야. 어떻게 될 줄 알고 먹어?"

룩은 발끝을 까닥거리며 부정했다.

"그런데 룩, 먹을 건 없어? 배고파."

실실거리면서 미강이 물었다. 울어서 퉁퉁 부은 얼굴로. 신나게 울고 났더니 허기가 지는 것이다.

"없어. 나도 식량 때문에 이 집을 나온 거야. 이 근방을 다 뒤져봤는데 진짜 아무것도 없더라고. 여기서 매번 식량을 구하러 멀리까지 나가는 것도 큰일이잖아. 그래서 집을 버리고 혼자 시내로 간 거야."

"아후, 이렇게 좋은 집을……. 아까워라."

대장은 축구장 크기의 거실에서 눈을 떼지 못했다. 내심 그는 옥탑방에서 여기로 거처를 옮길까, 고민하던 중. 하지만 사냥터가 너무 멀다는 게 치명적이었다. 아무래도 이 큰 집은 포기해야 할 성싶었다. 하긴 매일 벽에 걸린 연해린의 얼굴을 보며 사는 것도 꺼려지는 일이다. 차마 룩에게는 그런 말은 못 하겠지만.

"근데 아까부터 보자 보자 하니까 이 자식이 계속 반말이네? 네가 나랑 동갑인 줄 알아? 형이든, 대장이든, 앞으로는 꼭 호칭을 붙여. 안 그러면 진짜 쫓아낼 거야. 하극상은 못 참아!"

대장은 룩에게 괜스레 핀잔을 주었다.

미강은 빙그레 미소 지었다. 그것이 대장의 독특한 사과 방법이라는 걸 알고 있기 때문이었다.

창문을 열자,
공룡이 지나갔다

다음 날 아침. 세 아이들은 일찌감치 옥탑방으로 돌아왔다. 대장
은 집에 도착하자마자 전원을 집합시켰다. 잔뜩 무게를 잡고서 새
로운 소식을 알렸다.

"구했어."

레몬이 미심쩍게 대장을 응시했다.

"진짜라니까. 플라이하이를 구했다고. 두구두구두구, 개봉 박두!"

척, 대장이 주머니에서 작은 유리병을 꺼내들었다.

"우와, 만져봐도 돼?"

주춤주춤 앞으로 다가오며 손을 뻗는 분도.

"잠깐. 네 몫도 있으니까 일단 내 말부터 들어."

"으응."

대장이 챙겨주겠다고 약속하니, 분도가 배시시 웃으며 안도한다.

"딱 두 알씩만 줄 거야. 물 없이 한 번에 꼴딱. 복용 방법은 다들 알고 있지?"

레몬이 착하게 고개를 끄덕였다. 대장이 귀에 딱지가 붙을 정도로 외쳐대었으니, 복용법을 모를 수가 없다.

"미리 말해두는데 용기 없는 놈은 빠져. 결과는 나도 책임 못 지니까. 일단은 마약이니까 먹고 싶은 놈만 먹는 거야. 아무도 안 먹겠다면 나 혼자 먹어도 상관없고. 자, 손 들어봐. 죽을 각오하고 먹겠다는 사람만."

번쩍, 레몬과 분도가 나란히 손을 들었다. 대장의 시선이 묵묵히 있는 미강과 룩에게로 날아들었다.

"너희들은 빠질 거야?"

"대장, 잘 모르겠어. 어떻게 해야 할지. 소문이랑은 정반대가 될수도 있잖아. 이걸 먹으면 반대로 감염자로 변할 수도 있지 않겠어? 아 참, 그리고 너는 먹지 마, 레몬. 넌 너무 어려. 부작용이라도 생기면 어떡할래?"

걱정해주는 미강에게 레몬은 바락바락 대들기 시작했다.

"싫어. 혹시라도 오빠들 약 먹고 다 죽어버리면 어떡해? 나 혼자 남아서 어쩌라고? 그러니까 오빠들 하는 건 나도 다 따라 할래. 빼기만 해봐, 치!"

레몬의 까만 눈동자에 살기가 솟았다. 초등학교도 졸업 못한 주제에 미강이보다 고집이 더 셌다. 미강은 더 말리지 않았다. 구사일생으로 성곡초등학교에서 돌아왔을 무렵, 미강과 룩은 불에 탄 해강원의 사진을 몰래 레몬에게 보여줬었다. 그녀는 별말 없이 사진을 들여다보기만 했다. 한참 동안이나. 눈시울이 설핏 붉어지는 것도 같았으나, 레몬은 기특하게도 울음을 참았다. 적어도 룩과 미강 앞에서는. 그 후로도 미강은 대장에게 레몬이 고아원 출신이라는 사실을 알리지 않았다.

'그래도 대장은 태어나자마자 버려지지는 않았잖아? 우리 중에서 가장 순수하게 부모를 원망할 수 있는 사람은…… 레몬뿐일 거야.'

대장이 레몬을 쓸모없다며 구박할 때마다 미강의 입이 근질근질해졌다. 비밀을 누설하고 싶은 충동이 솟구쳤다. 그래도 참았다. 레몬이 숨기고 싶어 하니까.

"너는?"

대장은 다음으로 룩에게 물었다.

"미강이 말이 맞아. 플라이하이를 먹으면 물려도 감염되지 않는다니. 아무리 생각해도 헛소문이라고 봐."

룩이 담담하게 본인의 의견을 이야기했다. 그러자 심기가 비틀어진 대장이 버럭 역정을 내고 말았다.

"씨발, 너희들은 궁금하지도 않아? 정말 먹으면 피똥을 싸고 자살까지 하는지, 아니면 면역이 생겨서 좀비에게 물려도 괜찮을지. 궁금하지도 않냐고? 나만 병신이라서 궁금하냐?"

그런데 룩이 다시금 끼어들었다. 싱긋 웃으면서.

"형, 제발 끝까지 들어. 하이의 효능은 못 믿겠지만, 어쨌든 나도 먹어볼게."

"뭐?"

"어떤 맛일까. 궁금해서 참을 수가 있어야지."

"진작 그렇게 말하든가. 초부터 실컷 치는 건 무슨 심보냐?"

경직되었던 대장의 얼굴이 스르르 펴졌다.

"할 수 없네. 나 혼자만 멀쩡하면 이상하니까 나도 먹을래."

미강은 결국 체념하고 대세에 따르기로 했다. 사실 고민은 진작부터 끝난 상태였다. 미강은 처음부터 예상했었다. 플라이하이를 손에 넣은 이상, 어떻게든 먹게 되리라는 걸. 미강은 본래부터 주관이 뚜렷한 사람이 못 되었다. 아니, 오히려 의지박약에 가까웠다.

"오빠들, 남은 약은 어쩔 거야?"

레몬이 조심스레 물었다.

"문어에게 팔 거야. 그냥은 못 주고 쌀 한 포대랑 맞바꿔야지."

대장의 대답은 유쾌했고, 모두들 만족스런 미소를 지었다.

*

"장전."

대장의 신호에 모두들 하얀 알약 두 알을 혀 위로 올렸다. 쓴맛 때문에 이맛살이 팍 찌푸려졌다. 혀로 느껴지는 플라이의 맛은 쓰기만 한 게 아니라 텁텁하고 건조했다.

'마약이라고 뭐 별다른 맛은 없구나. 그냥 알약이랑 똑같네 뭐.'

"쏴!"

대장이 생각보다 이르게 신호를 보냈다. 알약이 주르륵 식도를 타고 넘어가는 이질감도 잠시, 식도는 어느새 텅텅 비었다. 고개를 내리던 미강은 하얀 가루가 희미하게 묻어난 손가락을 보고 꿈쩍 놀랐다. 플라이하이는 미강의 입 속으로 들어가며 하얀 눈발처럼 아름다운 발자취를 남겼다.

"맛없어."

분도가 오만상을 찡그렸다. 그러자 대장이 신경질적으로 소리쳤다.

"넌 주는 대로 그냥 처먹으라고 좀……."

미강은 옆에 앉은 룩에게 물었다.

"우리 괜찮을까?"

"몰라. 죽기 아니면 까무러치겠지, 뭐."

곁에서 레몬이 종알거렸다.

"근데 오빠, 저것들도 언젠가는 굶어 죽지 않을까? 저것들이 죽을 때까지만 기다리면 되는 거잖아."

"아서라. 대한민국만 해도 얼마나 인간이 많아? 자그마치 오천만이야, 오천만! 저것들 식량이 징글징글하게 많은데 굶어 죽을 리가 있겠어? 시간이 지나면 숨어 있던 사람들도 하나둘씩 기어 나오기 시작할 테고, 그럼 또 게 중 몇 명은 정신 빠져 다니겠지. 그러다가 넙죽 좀비에게 물려서 좀비로 변하겠지. 그 틈에 좀비들도 새끼를 깔지도 모르고. 이건 네버엔딩 스토리라고, 알간?"

대장은 콸콸 쏘아주고서는, 지친 표정으로 벽에 기대었다. 이제부터는 기다리는 시간이었다. 그들이 기다리는 게 정확히 뭔지도 모르지만, 우선은 기다려야만 했다. 레몬은 입을 다물고 초조한 손길로 테디의 귀를 만지작거렸다. 닳아서 털이 숭숭 빠져버린 인형의 귀가 섬뜩했다. 미강은 속으로 생각했다.

'잘도 저런 흉측한 걸 가지고 논단 말이야…… 다음에 사냥을 가면 새 인형부터 구해줘야겠어. 이왕이면 커다란 핑크색 곰인형으로.'

10분쯤 후.

분도는 방바닥에 덜렁 드러누웠다.

룩은 기댈 베개를 찾기 시작했다.

미강은 물끄러미 천장만 올려다보았다. 천장이 갑자기 놀이공원의 커피 잔 놀이기구처럼 뱅글뱅글 돌아가지 않을까, 하면서 말이다.

그렇게 묘한 침묵의 시간이 흘러갔다.

겨우 오전 10시나 되었을까. 옥탑방 창문에 햇살이 꾸무럭꾸무럭 기어들어오는 걸 보면서 미강은 생각했다. 부지런하게 뜨고 지는 해가 참 끈질기다고 말이다.

'하긴 우리도 끈질긴 편이지. 어떻게든 살아보겠다고 마약까지 구해다 먹고……. 머리에 피도 안 마른 주제에!'

어쩐지 피식피식 웃음이 나왔다. 얼추 20분쯤 더 지났을까. 대장이 좀이 쑤셨는지 먼저 침묵을 깼다.

"마약 같은 소리 하네. 별것도 아니구먼. 역시 찌라시들 말은 믿을 게 못 돼. 안 그러냐? 후우……."

대장은 히죽 웃는 얼굴로 고개를 젖히고서 담배 연기를 천장으로 뿜어 올렸다. 미강은 조금 놀랐다. 대장은 방에서 담배 쩐 냄새가 나는 게 싫다며 담배를 피울 때면 꼭 옥상으로 나갔었기 때문이다. 툭하면 그는 방에서 줄담배를 피던 아버지의 증오스런 모습만은 닮지 않겠다고도 말했었다.

"난 기분이 좀 좋아진 것 같은데……."

레몬의 목소리는 잦아들어 있었다. 입의 근육마저 풀린 듯 말에도 힘이 없었다. 레몬은 말을 하다 말고 갑자기 울음을 터뜨렸다.

"으허헝……."

"너 우니? 기분 좋아졌다며!"

"응."

"왜?"

"그냥. 슬퍼서."

"뭐가 갑자기 슬픈데?"

"모두 다."

레몬의 대답에 미강까지 덩달아 새침해졌다.

여섯 살 때였던가. 퇴근길에 엄마가 웬일로 공룡 그림책을 가지고 왔다. 미강은 책 안에 가득한 공룡들을 보자마자 기겁을 하고 말았다. 특히나 포악한 공룡이라는 티라노사우루스의 파충류 눈과 커다란 입, 무시무시한 송곳니가 가장 무서웠다.

"공룡 싫어!"

미강이 칭얼거리기 시작하자, 엄마는 그깟 그림 가지고 난리냐며 깔깔대며 웃었다.

"벌써 멸종된 거니까 괜찮아. 공룡은 아무것도 아니야. 세상에 얼마나 무서운 게 많은 줄 아니? 엄마는 밖에서 일하면서 매일매일 무서운 걸 봐. 너는 아이라 모르는 거지."

"엄마, 멸종이 뭐예요?"

지안이가 끼어들며 물었다. 엄마는 우물거리듯 대답했다.

"구름 위로 사라지는 거야. 그래서 다시는 못 보는 거지. 아무도."

"보고 싶어도 못 봐요? 아빠처럼?"

"응."

"그런데 우린 이렇게 책에서 공룡을 보고 있잖아요. 그럼 멸종이 아니잖아요."

"아휴, 나도 모르겠다! 더 이상 묻지 마!"

인내심이 바닥난 엄마가 책을 밀어버렸다. 그러곤 홱 돌아앉아 화장을 지우기 시작했다. 엄마는 매우 우울하고 불안정한 여자였다.

"엄마는 일하느라 힘들어. 그러니까 너희가 이해해야 해. 엄마를 자꾸 힘들게 하면 안 돼. 그럼, 나도 버틸 수가 없다고."

엄마가 늘 하는 말이었다. 그러므로 지안과 미강의 지구는 엄마를 중심으로 돌아갔다. 남편도 없이 어린 자식들을 데리고 살아가는 가장. 그 위치가 그녀를 억척스럽게, 고집스럽게 만들었으리라.

지안이는 미강과 둘이 있을 때면 엄마의 흉을 보았다. 증오가 가득한 말투로 엄마의 일거수일투족을 불평했다. 그럼에도 지안은 정작 엄마 앞에서는 말을 고분고분 잘 들었다. 미강은 지안의 이중적인 모습이 견딜 수 없었다. 미강은 싫은 걸 좋은 척할 인내

심이 부족했기 때문이다. 멸종에 관한 암울한 이미지는 미강이 고
등학생이 되면서 더욱 강렬해졌다.

'그래, 나도 엄마 앞에서 사라져야겠다. 멸종되어야겠다.'

문득 그런 생각이 들었을 때, 미강은 이미 집 밖으로 내달리고
있었다. 가방 하나만 덜렁 메고서.

미강은 자꾸만 무거워지는 눈꺼풀을 힘겹게 올렸다. 전신이 폭
꺼져가면서 귓가에 입꼬리가 기다랗게 걸렸다.

'나는 제대로…… 멸종되고 있는 건가? 그래, 어쨌든 우리는 멸
종되고 있는 거야. 빙하기를 맞은 공룡들처럼. 조금씩 비뚤어지다
가 완전히 멸종되는 거지.'

왠지 미강의 기분이 날아갈 듯 좋아졌다.

"창문 열어. 더워 죽겠어."

대장이 짜증을 내자, 미강이 일어나서 창가로 갔다. 덥기는커녕
아주 추운 날이었다. 며칠만 있으면 크리스마스니까. 미강은 군말
없이 창문을 열어젖혔다. 체온이 오른 건 비단 대장뿐만은 아니었
기 때문이다. 너나 할 것 없이 손부채로 얼굴에 오른 열기를 식히
는 중이었다.

'빌어먹을, 지구 온난화 때문일 거야.'

밑도 끝도 없는 불평을 속으로 늘어놓던 미강. 한순간, 멈칫했
다. 눈동자가 커다랗게 확장되었다.

'이런!'

미강이 눈을 여러 차례 깜빡대었다. 그럼에도 열린 창문으로 보이는 광경은 변하지 않았다.

창문 밖으로 황금빛의 티라노사우루스가 지나가고 있었던 것이다. 지독한 독감이라도 걸린 것 마냥 느릿느릿하게 걸어가는 공룡. 쿵쿵, 발자국 소리라도 울리면 좋으련만. 덩치 큰 공룡은 작은 소리조차 내지 않고 사뿐하게 걸었다.

공룡은 어릴 때만큼 무섭지 않았다. 오히려 살금살금 걸어가는 티라노사우루스가 처량해 보였다.

'티라노사우루스도 좀비는 무서운가?'

"푸핫!"

불현듯 미강은 배를 잡고 웃기 시작했다.

미강의 발작적인 웃음소리에 꾸벅꾸벅 졸고 있던 레몬이 흠칫하며 깨어났다. 분도는 입을 헤벌리고서 방바닥에서 혼자 뒹굴었다. 파닥파닥, 두 팔을 길게 뻗어 바닥을 쓸어내는 그. 살찐 비둘기로 변해 하늘을 나는 꿈이라도 꾸는 건지. 아니면 커다란 케이크 속에 파묻힌 아기 돼지나. 어느 쪽이든 분도는 만족하리라.

"넌 또 왜 웃어? 돌았어? 세상이 전부 네 것 같아?"

미강을 호되게 야단치는 대장. 그의 목소리도 구름 위를 걷는 듯 둥둥 떠올랐다.

"웅!"

"미친……. 세상이 왜 네 거야. 내 거지."

그렇게 말하면서 대장은 몇 개째인지도 모를 담배를 입에 물고서 깊숙이, 깊숙이 빨아 당겼다.

"우웩."

오렌지빛 토사물들이 산사태에 무너진 흙산처럼 쏠려 나왔다.

'와, 아직도 나올 게 있다니. 내가 그래도 뭔가 먹고 살긴 하는구나.'

미강은 더러운 변기를 부여잡고서 또 헤헤 웃고 있었다. 속이 뒤집히는 바람에 방을 뛰쳐나와서 화장실로 뛰어든 참에도. 그리 나쁜 기분은 아니었다.

플라이하이의 효과는 썩 괜찮았다. 자신이 대단해진 느낌도 들었다. 사람들이 죽고 되살아나는 일도 가소롭게 느껴졌다. 세상의 끝을 목격했으니 이대로 죽어도 여한은 없는 기분이었다. 과연, 아무나 붙잡고 "하이!"라고 말할 수 있을 만큼 기분이 하이! 해졌다. 그렇지만 플라이 할 조짐은 도무지 보이지 않았다.

이것은 여담이지만, 나중에 약에서 깨어난 아이들은 하이에 대한 감상을 다투듯이 토로했다. 하이의 성능에 대해서 의견을 일치시킨 그들. 플라이하이가 하이는 한데, 플라이는 하지 않다고 입을 모았다. 고로, 사람들이 틀렸다고. 연해린은 플라이하이를 먹고서 플라이 한 게 아니다. 그냥 사는 게 하도 지랄 같아서 플라이 해볼까, 했을 뿐일 거다. 혹은 재수 없게 바람에 떠밀렸거나.

미강은 투명한 위액이 나올 때까지 속을 비워냈다. 위장은 널을 뛴 듯 계속 꿈틀거렸다. 세 번이나 양치질을 하면서 억지로 속을 달래보았다. 엄청난 양의 물을 벌컥벌컥 들이켰다. 그럼에도 만족스럽지 못했다. 물에서 비린내가 났다. 그 역한 냄새는 좀비들에게 달라붙은 썩은 피 비린내와 꼭 닮았다.

"괜찮아?"

룩이었다. 그는 옥탑방을 나와서 옥상 난간을 붙잡고 서 있었다.

"아니."

미강은 옆으로 가서 똑같은 자세를 취했다. 나란히 난간 아래를 내려다보았다. 멍한 눈빛으로 미강이 건물 밖을 가리켰다.

"저기 보여?"

"뭐가?"

"공룡."

잠시 머뭇거리던 룩이 말했다.

"내 눈에는 안 보여."

"그럴 줄 알았어. 나한테만 보이는구나? 진짜 멍청해 보이는 티라노사우루스가 걸어가고 있는데 말이야."

룩은 헤벌쭉 웃고 있는 미강을 응시하며 난간 위에 손을 얹고 턱을 괴었다.

'자식, 엄마가 연예인이라서 그런가? 비주얼이 남다르단 말이야.'

미강 역시 새삼스레 룩의 오뚝한 콧날과 날렵한 턱 선을 훑어보며 감탄하고 있었다. 그때, 갑자기 룩이 한쪽 팔을 뻗어 미강의 뺨을 톡톡 두들겼다.

"있잖아……. 뽀뽀해도 돼?"

"……왜?"

"그냥."

미강은 시원찮은 룩의 대답에 짜증이 치밀었다. 그래서 고집스럽게 물었다.

"왜?"

"그냥…… 네가 예뻐 보여서."

"미친놈, 내가 여자냐?"

미강은 혀를 차며 돌아섰다. 볼이 빨개진 것을 들키고 싶지 않아서였다.

"그러니까 너랑 해야지."

"뭐?"

미강은 천천히 룩을 돌아보았다. 몽롱히 침잠하던 정신이 후다닥 깨어났다.

"그동안 계속 고민했어. 네가 왜 남자 행세를 하고 다니는지. 왜 다들 너를 남자애 취급을 하고 있는지 모르겠어서 말이지."

룩은 이를 싱긋 드러내며 미소 지었다.

"아……."

미강은 더 이상 그를 쳐다보지 못했다. 그녀의 까만 눈동자는 난간 위를 아슬아슬하게 걸어가는 티라노사우루스에게 고정되었다. 공룡은 여태 사라지지 않았다. 단지 옥상 위뿐이 아니라 온갖 건물과 골목 사이사이에도 곳곳에 거대한 육식 공룡들이 포진하여 배회하고 있었다. 간절한 바람에도 불구하고, 그들은 멸망하지 않았다. 미강의 투명한 망막 위에 머물며 존재감을 드러내었다. 입을 커다랗게 벌리며 시위하고 있었다. 나는 아직 죽지 않았노라고, 그러니 한 번만 더 자세히 봐달라고, 가까이 와서 손을 뻗어 안아 달라고 말이다.

여전히 엄마가 싫다. 그러나 애초부터 미강이 엄마에게서 사라지는 방법이란 없었다. 그녀는 결코 멸종할 수 없는 공룡이었다. 사랑스러운 육식동물이었다.

생수에게

다음 날.

미강은 머리통을 부여잡고 있었다. 숙취를 앓는 듯 골이 지끈거렸기 때문이다. 플라이하이의 위력은 좋다 해야 할지, 아니면 별로라고 해야 할지, 사람마다 천차만별이었다.

플라이하이를 먹고서 가장 효과를 보지 못한 사람은 룩이었다. 룩은 속이 불편하긴 해도 미강처럼 환각을 보진 못했다.

"마약을 먹고 멀쩡하다니. 그게 더 이상하지 않아?"

"대장이 실망할까 봐 말 못 했는데…… 우리 엄마는 하이를 한 주먹씩 털어 넣었어. 약발 안 듣는 건 유전인가 봐. 특이체질일지도."

"미강 오빠, 오빠도 사냥 갈 거야?"

레몬은 언제나처럼 미강을 오빠라고 부르고 있었다.

룩은 모른 척 입을 다물었다. 미강은 아무래도 상관없었다. 원래 머리카락이 짧은 데다 마르고 몸매도 밋밋했던 그녀. 상황은 자연스럽게 흘러갔다. 모두들 의심 없이 미강을 남자아이로 대했으니까. 미강도 가출한 마당에 차라리 남자아이로 취급당하는 편이 더 낫겠다, 안전하겠다 싶어서 본인이 여자라는 걸 밝히지 않았다.

하늘이 도왔을까. 가출한 뒤로는 알아서 생리까지 끊겼다. 미강은 가끔씩 생각했다. 영원히 생리 따윈 하지 않으면 좋겠다고.

따지고 보면 모두 엄마 탓이려나. 엄마는 지안과 미강 자매가 아장아장 걸어 다녔을 때부터 항상 머리를 짧게 깎았다. 미용실이든 이발소든 가리지 않았다. 그리고 엄마 본인도 머리카락을 기르지 않았다. 긴 머리카락이 무슨 소용이냐고 반문하면서.

홀로 직장을 다니고 어린 딸들을 키우며 살아가던 엄마에게는 집이 제2의 일터였다. 아이에게 해줘야 하는 일들도 최대한 본인의 손이 가지 않도록 제한하거나, 배제시켰다.

"새끼들아, 누가 물을 다 마셨어? 물이 한 방울도 없잖아!"

아침부터 대장이 빈 물병을 들고서 고래고래 소리를 질렀다. 플라이하이를 복용해서 자신감이 넘치는지. 목소리가 평소보다 훨씬 우렁찼다. 그에 비해 다른 아이들은 다들 슬금슬금 눈치만 살폈다. 어제는 물을 아낀다는 규칙도 잊고서 하나같이 물을 과하게 들이켰다. 플라이하이를 먹고 환각이 깨는 동안, 갈증이 심해졌기 때문이었다.

"이런 대책 없는 새끼들. 그걸 홀랑 다 마셔버리면 어떻게 해? 아무래도 안 되겠다. 전원 출동이야. 물을 못 구하면 돌아올 생각도 하지 마!"

어쩔 수 없이 다함께 사냥 준비를 하기 시작했다. 마실 물이 없다는 건 큰 위기였기 때문이다. 그럼에도 콧바람을 쐰다 생각하니 미강의 기분이 상쾌해졌다. 부활자들과 마주칠 걱정보다는 갑갑한 옥탑방을 나가는 기쁨이 앞섰다. 공포심이 줄어들었다. 역시나. 이게 플라이하이의 효과일지도 모른다. 플라이하이의 가장 극적인 효과? 그건 바로 간땡이가 붓는 것이었다.

*

두 대의 오토바이가 줄을 지어 뉴그린 아울렛에 도착했다. 모두가 대장을 따라 곧장 지하로 향했다.

"위층은 접자. 생수를 구하려면 마트 안의 물류 창고를 뒤져야지."

사실 예전에 쇼핑몰에서 마주쳤던 무시무시한 핑크가 다시 나타날까 봐 걱정이 되었다. 그렇다고 해도 마땅히 물을 구할 곳이 없으니 피할 수만도 없는 노릇이었다.

"쫄지 말고 눈들 크게 떠. 핑크가 나타나도 내가 어떻게든 해볼게."

대장은 의기양양했다. 두려운 게 없어 보였다. 그는 플라이하이가 만병통치약이라도 되는 듯 여기는 게 분명했다.

오늘 따라 쇼핑몰 안은 고즈넉했다. 근처를 어슬렁대는 좀비 하나 보이지 않았다.

"신난다!"

간만의 외출에 흥분한 분도. 그는 넓은 마트 안을 엄마 따라 온 어린 아이마냥 헤집고 다녔다. 싹쓸이를 해 간 진열대에는 남은 물건들이랄 게 없었다. 그래도 진열대 사이로 카트를 몰아가다 보면 모처럼 쇼핑하는 기분이 들었다.

대장은 물류 창고부터 찾아갔다. 그가 안을 슬쩍 들여다보았다. 전기가 완전히 나간 창고 안은 어둡고 조용했다. 안심한 그는 인원을 두 팀으로 쪼개서 임무를 부여했다.

"룩은 레몬이랑 있어. 창고 앞에서 망을 보고, 내가 부르기 전에는 들어오지 마. 창고는 꽉 막혀서 나갈 문은 이거 하나뿐이야. 그러니까 열어놓고 기다려야 해. 분도랑 미강이는 나랑 같이 물류 창고로 들어가자."

"몇 명 되지도 않는데 전원이 움직이는 편이 낫지 않을까?"

"시끄러. 대장은 나야. 네가 아니고."

미강은 룩에게 가만히 있으라는 눈짓을 주었다. 그러곤 일부러

벙글거리며 대장의 등을 밀었다.

"형, 가자고."

"룩, 너 자꾸 나한테 깝죽대지 마."

경고의 메시지를 날리고서 대장은 'STAFF ONLY'이라고 쓴 문을 밀며 들어갔다.

룩은 어처구니 없어 하다 말고 대장이 시키는 대로 슬라이딩식 문이 닫히지 않도록 카트를 받쳐놓았다.

"여긴 박스만 있는데?"

분도가 어둠에 익숙해지려고 눈을 계속 깜빡거리며 물었다.

"이런 등신, 물품 보관하는 창고니까 당연히 박스가 많지. 박스를 열고 물건을 꺼내야지!"

짜증을 내면서도 대장은 분도가 할 일을 몸소 가르쳐주었다. 언제나처럼 까칠한 척하면서 이래저래 분도를 챙겨주는 대장. 그의 행동에 미강은 속으로 웃음이 터져 나왔다. 화를 잘 내긴 하지만 대장은 기본적으로 정이 많은 사람이다. 일단 제 가족으로 받아들인 아이들을 쫓아낸 적은 없었으니까 말이다.

세 사람은 구석에 탑처럼 쌓인 박스를 하나하나 열어보며 물건을 확인하기 시작했다. 물품 창고의 전등은 이미 나간 상태였다. 그 때문에 그들이 의지할 것은 열려진 문틈으로 들어오는 뿌연 빛뿐이었다. 애써 들어온 보람도 없이 대부분의 박스가 비어 있다.

굶주린 사람들의 손이 이 창고까지 거쳐간 것이다.

"물이다!"

별안간 분도가 흥분해서 외쳤다. 그의 손에 든 건 틀림없이 커다란 생수병이었다. 물이 찰랑찰랑 든.

"진짜?"

부리나케 달려간 대장. 그도 박스 하나에 꽉꽉 들어 있는 생수병들을 보고 흥분했다.

"야, 이거 아껴 먹으면 한 달은 거뜬하겠는걸. 오늘 대박인데? 그런데 양이 많아서 우리끼리는 못 들고 가겠어. 미강아, 레몬이랑 룩도 오라고 해. 바닥에 깔린 박스들 치우고 카트로 직접 날라야겠어."

대장의 지시에, 문 가까이에 있던 미강은 가벼운 발걸음으로 창고를 나섰다.

그런데, 잠시 후 창고에서 귀가 찢어질 듯한 분도의 비명 소리가 들려왔다.

"으아아악!"

"무슨 일이야? 크어억!"

대장 역시 외마디 비명을 지르더니, 전속력으로 창고에서 뛰어나왔다. 그는 한 손으로 분도의 멱살을 질질 끌며 나오고 있었다. 피범벅이 된 대장은 나오자마자 분도를 땅바닥에 내팽개쳤다. 그런 직후 서둘러 창고 문을 등으로 막고 섰다.

"문 닫아! 어서!"

쿵쿵.

그 순간, 대장이 기댄 창고 문이 크게 들썩였다. 룩과 미강, 레몬이 대장을 도와 문을 밀기 시작했다. 그렇지만 문의 들썩거림은 갈수록 커졌다. 우연히 문틈을 훔쳐본 레몬은 기겁하며 문에서 떨어졌다.

"핑크야!"

"가만히 있지 말고 뭐라도 해! 이러다 열리겠어!"

대장이 소리치자, 팍, 미강이 들고 있던 쇠파이프를 문틈으로 찔렀다.

"크엑!"

비명과 함께 핑크 눈알은 잠시 어둠 속으로 밀려나갔다. 대장이 그 틈을 타 쇠파이프로 아예 문고리에 빗장을 질렀다. 쿵쿵 소리와 함께 창고 문이 다시 들썩거리기 시작했다. 그렇지만 문은 맨몸으로 막고 서 있을 때보다는 훨씬 안정적으로 버텨주었다.

한숨을 돌리던 대장, 별안간 쓰러져 있는 분도에게로 달려갔다.

"야, 어디 좀 봐."

"아파 죽겠어 대장. 흐으윽⋯⋯."

분도는 피로 범벅이 된 왼손을 들어 올렸다. 모두들 놀라 경직

되었다. 손가락은 단 세 개뿐, 엄지와 검지 손가락이 날아가고 없었다. 핑크가 분도의 손가락을 먹어버린 것이다.

미강이 얼른 가방에서 붕대를 꺼내었다. 허겁지겁 분도의 왼손을 통째로 둘둘 말기 시작했다.

"분도, 난리법석 떨지 마. 이까짓 상처로는 안 죽어. 너는 플라이 하이를 먹었으니까 괜찮다고. 그리고 없어진 건 왼손가락이니까 아직 밥도 먹고, 글자도 쓰고…… 하다못해 똥도 닦을 수 있어."

"나 왼손잡이잖아 대장. 나 밥도 왼손으로 먹는데……."

억울함이 컸는지. 분도가 웬일로 말대꾸를 했다. 흠칫하던 대장은 황급히 말을 돌렸다.

"어쨌든, 죽지는 않으니까 아파도 좀 참아. 네가 질질 짜면 우리까지 힘들어져. 앞으로는 오른손으로 밥 먹는 연습을 하면 되잖아."

"으응."

겨우 분도가 잠잠해졌다. 헌데, 대장의 표정이 심상치 않았다.

"그놈이었어. 거미같이 생긴 놈이 물건들을 잔뜩 쌓아놓고 우리를 기다린 거야. 덫을 놓은 거라고!"

"것보다 분도는 어쩔 거야? 저러다 변하기라도 하면……."

"하이를 먹었으니까 분도는 괜찮아! 여러 번 말하게 하지 마. 일단 저놈을 죽여야겠어. 그리고 생수를 확보하는 거야!"

대장은 우격다짐으로 고집을 부렸다.

"무모한 짓이야. 오늘은 이만 후퇴하자."

룩이 그를 만류했다.

"싫으면 넌 빠져. 나 혼자라도 한다. 저 거미새끼만 때려잡으면 물을 가져갈 수 있는데, 왜 포기해? 탈수로 죽고 싶어?"

말하면서도 대장은 부들부들 치를 떨었다. 그 어느 때보다 좀비에 대한 분노가 커 보였다.

잠시 후. 룩의 아이디어로 모두들 머리에 헬멧을 뒤집어썼다. 몸을 보호하기 위해서 두꺼운 패딩과 티셔츠 사이에 철제 수세미와 얇은 철판 등도 쑤셔 넣었다. 마트에 남아 있던 물건들이 총동원되었다. 울퉁불퉁한 타이어 몸매에 오토바이 헬멧을 뒤집어쓴 우스꽝스러운 전투 병력이 탄생했다. 거동이 불편한 분도는 진열대 뒤에 꽁꽁 숨어 있기로 했다.

마침내 공격 준비가 갖춰지자, 대장이 명령을 내렸다.

"문을 열 거야. 다들 준비해."

대장이 창고 문에 끼워둔 쇠파이프를 꺼내어 넘겨주었다. 미강은 쇠파이프를 받자마자 야구 배트마냥 치켜들었다. 아직 창고 안에서는 아무 소리도 들리지 않았다.

"내가 문을 열까?"

룩이 긴장하며 말하는 찰나, 벌커덕 문이 열리며 핑크가 튀어나왔다. 놈은 발바닥에 용수철을 단 캥거루마냥 하늘로 솟구쳐

올랐다.

"크르르륵!"

핑크는 곧장 미강에게로 달려들었다. 입을 크게 벌리면서 미강의 헬멧을 물었다.

까드드득, 핑크의 날카로운 이빨에 헬멧의 창이 갈리는 소리가 났다. 핑크가 미강에게 정신이 팔린 틈을 놓치지 않고 룩과 대장의 쇠파이프가 동시에 핑크의 머리를 가격했다. 새빨간 피가 분수처럼 튀어 오르며 미강의 헬멧을 적셨다. 미강은 헬멧을 썼다는 사실도 잊고서 눈을 질끈 감았다.

잘 되고 있다고 생각했건만, 불현듯 돌발 상황이 벌어졌다. 머리에서 피를 잔뜩 쏟으며 궁지에 몰린 핑크가 뒤로 훌쩍 뛰어 도망쳤다. 그것은 가장 높은 진열대 위에 착지했다. 그러고서 긴 다리를 휘적거리며 시간을 끌었다. 자신을 둘러싼 아이들 중에 누구에게 덤빌까 생각이라도 하듯 고개를 비틀어대면서.

"어떻게 하지?"

"정신 바짝들 차려. 저 새끼, 어디로 튈지 몰라."

대치 시간이 생각보다 길어졌다. 놈은 진열대 위를 서성거리면서 도무지 내려오지 않았다.

얼마나 지났을까. 누군가 반갑게 말을 걸어왔다.

"어라? 어이, 오빠들! 우리도 오늘 쇼핑 왔는데……."

문어파의 수현이가 반갑게 웃으며 다가오고 있었다. 그녀의 뒤에는 문어와 다른 남자아이들 둘이 따라왔다. 그들은 미처 핑크의 존재를 알아채지 못한 채 와자지껄하며 마트로 들어오는 중이었다.

"안 돼, 가까이 오지 마!"

룩이 고함을 지르는 순간, 핑크가 훌쩍 날아올랐다. 그것은 수현의 뒤에 착지했다. 그리고 수현이 미처 사태를 파악하기도 전에 그녀의 몸을 압박하며 쓰러트렸다.

"꺄아악!"

수현이의 늘씬한 두 다리가 버둥거리며 위로 치솟았다. 한층 깊어진 겨울. 살갗을 에는 날씨에도 수현은 여전히 핫팬츠에 스타킹도 신지 않은 채였다. 핑크는 그녀를 광폭하게 찢어발겼다.

"이야아!"

분노에 휩싸인 문어가 핑크에게 달려들었다. 그는 양손에 든 칼로 핑크의 배를 찔렀다. 핑크는 버둥거리며 문어의 머리통을 움켜쥐려 했다.

"뭐해? 이 새끼 다리를 잡아!"

문어의 말이 떨어지자마자 아이들이 일사분란하게 달려들었다. 그들은 핑크의 기다란 다리에 각각 한 사람씩 엉겨 붙었다.

핑크가 자신의 팔다리를 묶은 아이들을 쳐내려 할 때, 문어가 재빨리 그의 쌍칼로 핑크의 목을 시원하게 관통했다. 핑크는 목에

칼이 꽂힌 채 사지를 비틀거리며 버텼다.

"이 괴물아! 뒈지라고 좀!"

문어는 분노와 슬픔에 휩싸여 울먹였다. 그러면서도 손에 힘을 꽉 주고는 두 개의 칼을 수직으로 그어 올렸다.

"케엑."

드디어, 핑크 좀비는 단말마와 함께 움직임을 멈췄다.

싸움이 끝난 직후.

"수현아⋯⋯."

문어는 쓰러진 수현을 내려다보고 있었다. 허망한 얼굴로 뒷말을 잇지 못하는 그. 눈가에 촉촉이 진 물기가 볼을 타고 흘러내리기 시작했다. 핑크의 손에 뜯긴 수현이의 피부가 덜렁거리면서 핏물이 꿀렁꿀렁 솟아나왔다. 그녀를 살릴 수 있는 방법은 없었다.

"오빠⋯⋯ 보, 복수해줘. 꼭⋯⋯ 꼭이야."

수현의 가슴이 빠르게 오르락내리락하고 있었다. 흐릿해진 망막 때문인지, 그녀는 문어가 벌써 복수를 끝낸 줄도 몰랐다.

"크흐흐흑."

문어는 그녀의 손을 꼭 맞잡고 오열했다. 수현은 웃으려고 입술을 실룩거렸지만 마음대로 되지 않았다. 서서히 입술 근육이 마비되었다.

"괜찮아. 나, 난 이제 도망⋯⋯ 안 다녀도 되잖아. 오빠, 나 엄마가 너무 보고 싶……."

그 말이 수현의 마지막 유언이었다. 들썩거리던 가슴이 멈추며 수현의 손이 툭 떨어졌다.

"으흐흑!"

문어는 떨리는 손바닥으로 덜 닫힌 그녀의 눈꺼풀을 내려주었다. 그리고 마지막으로 수현의 입술에 작별의 키스를 했다.

"저, 다음은 우리가 할게."

작은 체구의 남자아이가 그를 수현에게서 떼어 내려고 했다.

"꺼져!"

하지만 문어는 그를 거세게 밀쳐내었다. 그런 다음 아직 따뜻한 온기가 남은 수현의 손바닥에서 전기톱을 잡아 빼내었다.

투다다다.

전기톱의 바퀴들이 빠르게 회전했다. 문어는 차마 수현의 얼굴을 쳐다보지 못한 채 전기톱을 그녀의 목에 갖다대고는 묵묵히 제할 일을 했다.

툭.

잘린 수현의 머리통은 데구르르, 1미터쯤 굴러가다 정지했다. 문어는 수현의 예쁜 얼굴을 주워서 그녀의 몸통 위에 살며시 올려두었다. 사랑스러운 여자 친구의 머리를 자른 참이지만, 문어의 표정만은 매우 엄숙하고 경건했다.

*

대장은 침묵했다. 뭐라고 위로해야 할지 생각나지 않는 눈치였다. 일이 다 끝나자 문어는 뒤집어쓴 수현의 피를 닦아내지도 않은 채 대장에게로 걸어왔다.

"문어……."

문어는 뭐라고 말을 거는 대장을 비껴갔다. 그러고는 미강의 앞에 멈췄다. 그는 미강에게 방금 전에 주인의 목을 직접 잘라낸 그 전기톱을 건네주었다.

"이건 이제 네가 써라."

"왜 이걸 나한테 줘?"

"인마, 네가 예전부터 이거 탐낸 거 알아. 수현이 물건을 다른 애들이 들고 다니면 내가…… 못 견딜 것 같아서 말이야. 그러니까 얼른 가져가. 사람 마음 변하기 전에."

"그럼 나는 괜찮고?"

"넌 어차피 자주 안 보잖아. 네 얼굴 보는 것도 오늘이 마지막이 될지도 모르고……. 너도 혹시 물리게 되면 레몬한테 넘겨줘. 알겠지?"

문어의 잔인할 만큼 현실적인 대답에 미강의 말문이 막혔다.

그때였다. 대장이 다가와 문어의 어깨를 부드럽게 잡았다.

"야, 나 좀 보자."

"위로라면 됐어."

"그게 아니고, 할 말이 있어서 그래 이 자식아. 어이, 너희들은 생수를 챙겨. 나는 이 자식이랑 면담 좀 할 테니까."

대장은 꽤 다급해 보였다. 문어는 고개를 갸웃하다가, 자신을 따르는 아이들에게 말했다.

"뭘 멍하게 보고 있어? 너희들도 따라가서 생수를 실어와. 아 참, 형네 팀이 먼저 발견했지만, 저 괴물 새끼는 우리가 작살냈잖아. 그러니까 5대 5로 나누는 거다?"

이런 상황에도 문어는 셈을 정확히 하고 있었다.

"이런 독한 자식."

대장은 말로는 투덜거렸지만, 흔쾌한 표정으로 발견한 생수의 반을 양보했다. 그의 관심은 다른 데 가 있는 듯했다.

두 팀은 일사분란하게 움직였다. 생수 양이 생각보다 더 넉넉했다. 그 때문에 두 팀이 나눠 가지기에도 모자람이 없었다. 분도는 한쪽 구석에서 끙끙 앓는 소리를 냈다. 문어 팀의 남자애들이 그런 분도를 수상쩍게 바라보았다. 그러자 룩이 분도가 넘어져서 다친 거라며 얼버무렸다. 문어 팀 아이들은 그저 그런가 보다 하고 받아들였다.

머잖아, 문어와 대장이 나란히 돌아왔다. 문어의 낯빛은 수현의

목을 벨 때보다 더욱 창백해져 있었다. 어쩐지 아까보다 더 얼이
빠져 있었다.

"……형, 우린 그만 가볼게."

그는 대장의 어깨를 두드리며 작별 인사를 했다.

"수현이는 어쩔 거야?"

"생수를 실어야 하니까 수현이는 못 데리고 가. 그 애도 이해할
거야. 자, 난 이제 진짜 가야겠어. 알다시피 난 챙겨야 할 식구가
좀 많거든."

"그래. 살아 있으면 다음에 또 보자."

미강의 눈이 가늘어졌다. 대장과 문어의 분위기가 평소보다 어
색하고 침울했기 때문이었다. 단지 수현의 죽음 때문만은 아닌 낌
새였다.

'플라이하이 얘기를 하려던 게 아니었나? 플라이하이를 주는 대
신 쌀을 받는 걸로 흥정을 하기 위해 따로 문어를 부른 줄 알았는
데. 둘이서 대체 무슨 얘길 나눈 거지?'

양쪽 주머니에 손을 찌르며 터벅터벅 걸어가던 문어. 그는 몇 발
짝 가지도 않아서 뒤를 돌아보았다. 대장을 향해서 크게 소리쳤다.

"형! 혹시나 해서 하는 말인데 19구역은 걱정 마. 내가 목숨 걸
고 지킬 테니까! 알겠지?"

"그래…… 제발 부탁이니까 오래 살아라. 벽에 똥칠할 때까지."

대장이 설핏 웃으며 화답했다. 그러자 문어가 정색했다.

"그건 싫어. 난 쿨하게 젊음만 즐기다 갈 거라고!"

"크크크. 아주 똥 같은 소리 하고 있네."

"바이바이."

손을 재빨리 흔든 후, 문어는 잰걸음으로 가버렸다.

문득 미강은 오른손에 느껴지는 묵직함에 이끌려 아래를 내려다보았다. 손에 계속 전기톱을 들고 있었다는 것을 그제야 기억해냈다.

"좋은 걸 받았네. 축하한다."

룩이 빙그레 웃음 짓고 있었다. 그녀는 피와 살점으로 칠갑이 된 전기톱을 보란 듯이 흔들어보았다. 멋진 무기가 생긴 건 기뻐할 일이다. 그렇다 해도 대놓고 좋아할 수만도 없다. 이 전기톱의 예전 주인에 대한 예우가 아니지 않는가. 수현은 마트 바닥에서 차갑게 식어가고 있었다. 봉긋하게 오른 젖가슴 위에 자신의 예쁜 얼굴을 올려놓은 채로 말이다.

번지 점프를 하다

"내가 말했지? 쓰나미든, 토네이도든, 핵폭발이든, 이도저도 아니면 제3차 세계대전이든, 뭐든 지구는 망하게 되어 있었어. 그런데 재수 없게 좀비 바이러스 때문에 그게 좀 빨라진 것뿐이야. 그러니 슬퍼할 건 없어. 어떻게 죽든 죽으면 끝나는 일이잖아. 목숨이 하나라 이 끔찍한 일을 한 번만 겪으면 되니까 다행이다. 뭐 그냥 그렇게 생각하면 돼."

옥탑방 아이들이라면 대장에게서 매일 지겹도록 들은 말이었다. 그래서 세뇌를 당한 건지. 처음에는 말도 안 된다며 거부하다가도, 결국은 그의 울트라 폭탄급 긍정력과 단순함에 물들고 말았다.

그러나 정작 대장의 죽음 앞에서 미강은 쿨할 수가 없었다.

"플라이하이고 뭐고 헛지랄만 했군. 역시 문어 그 자식 말을 믿는 게 아니었는데……."

대장은 고이 모셔두었던 유리병을 꺼내 집어던졌다. 커다랗고 하얀 굼벵이들처럼 방바닥을 나뒹구는 알약들. 이젠 아무도 거들떠보지 않았다. 효과가 없다는 게 증명된 직후, 한때 구원적 존재로 추앙받았던 알약들은 쓰레기 마약이 되어버렸다. 플라이하이는 좀비가 되는, 혹은 좀비가 되지 않는 약이 아니었다. 그저 기분을 살짝 돋우어 주는 화학적 조합물이었을 뿐이다. 마약의 효과를 실험하기 위해서 스스로 실험용 생쥐가 되었다 생각하면 유쾌하지 않았다.

한편으로, 미강은 빨리 진실을 알게 된 것이 천만다행이지 싶었다. 죽을 때까지 저 쓸모없는 마약이나 찾아다녔다고 상상해보라. 아마 억울해서 죽어서도 눈을 감지 못하리라.

대장은 완전히 체념한 상태였다. 틈만 나면 퍼렇게 괴사하고 있는 본인의 몸을 확인하면서 술만 들이켰다. 혹시 몰라서 문어에게 감염 사실을 알리면서도, 대장은 내심 기대를 했었다. 플라이하이를 먹었으니 괜찮지 않을까 하고. 그러나 그의 육체는 좀비가 되는 과정을 느리지만 충실하게 밟아갔다.

뉴그린을 다녀온 바로 다음 날. 대장은 아이들을 모아놓고 시커떻게 멍든 옆구리를 보여줬다. 분도에 이어 대장까지 물린 걸 몰랐던 미강의 충격은 컸다. 핑크 좀비가 대장을 할퀸 상처는 또렷했다. 대장이 입은 상처는 분도보다 더 광범위했다.

"레몬, 누가 또 죽었냐? 벌써부터 질질 짜지 좀 마. 네가 그러지 않아도 뒷골이 당겨 죽겠다."

"그렇지만 오빠들…… 이제 자살할 거잖아."

레몬이 손수건에 코를 팽 풀었다.

"자고로 부러우면 지는 게 아니야. 자살하면 지는 거지. 지금껏 자살률 1위 국가에서 당당히 살아놓고서 그런 진리도 몰라? 하지만 나는 자살을 하는 게 아니야. 천국으로 가는 직행버스를 타는 거지. 음, 너무 유치한가. 이러면 어때? 인간 배터리가 다 되어서, 알아서 건전지 수거함으로 들어가 주는 것?"

자학적인 대장의 농담에 웃는 사람은 없었다. 문득 룩이 미강에게 물었다.

"분도는 시간이 얼마나 남았을까?"

"몰라."

미강은 도리도리 고개를 저으며 말했다. 손가락을 잃은 분도의 상태는 대장보다 더 좋지 않았다. 쇼핑몰에 다녀온 뒤 고열에 시달리다 깨기를 수십 차례. 눈은 움푹 들어가 퀭해지고, 새까맸던 두 눈동자에도 핏줄이 다발로 섰다. 진행이 워낙 빨랐다. 어느 순간 좀비로 돌변해 덤벼들지 않을까 걱정스러웠다.

벽에 비스듬하게 기대고 있던 대장은 결심한 듯 일어났다.

"내 무기는 나눠서 가져. 물이 다 떨어졌는데도 구하지 못하면…… 일단 녹물을 끓여서 먹어. 당분간은 견딜 수 있을 거야. 비가 오면 빗물도 받아서 먹고. 미강이 너는 해봤으니까 알 거 아냐. 아 참, 교과서는 없애지 말고 심심할 때 봐. 도움이 될 거야. 씨발, 그나저나 나는 왜 이렇게 잔소리를 하고 있는 거야? 돼지는 마당까지!"

대장이 말한 교과서는 학교에서 보던 책이 아니었다. 좀비들이 대거 등장하는 〈새벽을 위한 저주〉, 〈RIC〉, 그리고 〈황혼에서 영혼까지〉 등등의 좀비가 나오는 공포영화였다. 그는 영화들을 수십 번도 더 돌려보았다. 틈만 나면 좋아하는 장면을 틀어놓고 좀비를 죽이는 연습을 하기도 했었다. 여태 전기가 살아 있고 컴퓨터에 파일이 저장되어 있다는 건 감사할 일이다. 그러지 않았다면 대장은 마땅한 롤 모델을 찾지 못했을 것이다.

그는 바랐었다. 그 영화의 주인공들처럼 강해지기를. 3초 만에 죽어 나자빠질 엑스트라는 사절이었다. 그렇다면 대장은 지금 주인공일까, 아니면 엑스트라일까?

까딱까딱.

갑자기 대장이 미강을 손짓하여 불렀다.

미강이 다가가자, 그는 레몬과 룩이 듣지 못하도록 목소리를 낮추었다. 귀에 입을 대고 속삭였다.

"쪽팔려서 이 말은 안 하려고 했는데. 잘 들어. 나 말이야. 나는 너만은 꼭 지켜주고 싶었다. 끝까지."

"대장······."

"왜냐하면 언젠가는 네가 나의 진짜······ 가족이 될 거라고 믿었으니까."

사그라지던 그의 눈빛이 한순간 강하게 살아났다. 마지막 불꽃처럼 미강의 가슴속으로 파고들어왔다.

"설마 대장은 내가 여······."

"멍청아, 그걸 어떻게 모르냐? 내가 장님인 줄 알아?"

쪽.

대장은 그녀의 뺨에 장난스럽게 입을 맞추었다. 그러고선 놀라서 허둥대는 미강을 룩에게로 밀어버렸다. 룩의 눈 역시 동그랗게 커졌다.

"명색이 대장인데 더 구질구질해지기 전에 갈란다. 이러다 내가 좀비로 변하면 너희들 전부 덤벼도 감당 안 돼. 자, 쇼 타임이다."

대장은 손에 든 와인 병을 마지막 한 모금까지 다 털어 넣었다. 그러고는 옥탑방 문을 박차고 옥상으로 나갔다.

대장은 위풍당당하게 난간 위로 올라섰다. 두려우면서도 홀가

분한 표정이었다. 거의 만취할 정도로 술을 연거푸 마셔놓고도 정신이 평소보다 말짱해 보였다. 스산한 겨울바람이 기다렸다는 듯 대장의 두 뺨을 얼얼하게 후려쳤다.

"씨발, 뭐 이래. 한겨울에 옥상에서 번지 점프라니."

욕을 한차례 시원하게 던진 후, 대장은 분도를 불렀다.

"분도 뭐해? 꾸물대지 말고 너도 얼른 올라와. 형이랑 같이 황천길 가야지."

"으응."

분도는 혀 짧은 소리로 중얼거렸다. 대장은 분도의 손을 잡아끌어 난간에 함께 세웠다. 휘청거리던 분도가 얼추 균형을 되찾자, 대장이 분도의 뺨을 다정하게 쥐었다 놓았다.

"자식아, 지금부터 천국행 기차를 타는 거야. 그러니까 무서워할 건 없어. 레몬, 뭐해? 내 영정 사진이니까 빨랑빨랑 찍어둬."

그는 전쟁에 승리한 사람처럼 두 손가락으로 V자를 그렸다. 최후의 인증샷을 찍는 대장. 하늘로 날아오르기 직전에 19년, 그 짧은 인생에서 가장 찬란했던 순간을 남겨두고 싶은 게다. 그 어디든 이 사진이 남아서 떠돌아다닌다면, 그의 죽음은 헛되지 않게 된다. 먼 훗날까지 살아남은 사람들이 간간이라도 대장의 최후의 모습을 보며 농담을 나눌지도 모르지 않은가. 참 용감했던 놈이라고. 한때 19구역의 영웅이었다고.

찰칵찰칵. 레몬이 훌쩍이면서 셔터를 눌렀다.

"아, 깜빡할 뻔했다. 내 이름…… 우현이야. 김우현. 졸라 평범하
지? 이왕 날 위해 울어줄 거면 내 이름을 불러줘. 그래도 주정뱅이
아저씨가 십 몇 년간 불러준 이름인데, 그냥 가려니 섭섭해서 말
이야. 잘하면, 그 아저씨도 저기 밑에서 돌아다니고 있을지도 모르
겠는걸?"

미강은 고개만 열심히 끄덕거렸다. 가슴이 먹먹해서 말이 나오
지 않았다.

"분도, 준비됐어?"

"대장, 나 추워."

분도는 아래를 내려다보면서 덜덜 떨었다. 대장은 그의 머리통
을 후려갈기며 말했다.

"이 돼지 새끼가 끝까지 형님 발목을 잡네. 내가 왜 하필 너랑
가야 하냐? 이그……. 무서우면 날 꽉 잡아. 이 형님이 데리고 가
줄 테니까."

분도는 주춤주춤 대장의 허리춤을 끌어안았다. 그걸로도 모자
랐을까. 그는 대장의 허리춤과 팔뚝 사이로 통통한 얼굴을 끼워
넣었다. 그리고 분도는 눈물을 주르륵 흘리고 있는 친구들을 보면
서 헤벌쭉 웃었다. 마지막 여행을 떠나기 직전에 기차 플랫폼에
선 것처럼 친구들에게 인사를 하고 있었다.

"잘 있어, 얘들아."

그가 과연 자신의 죽음을 이해하고 있는 것인지. 확신할 수 없었다. 하지만 둥글납작한 분도의 얼굴이 오늘따라 더 후덕하고, 편안해 보였다.

"자, 간다. 셋 하면 뛰는 거야."

대장의 지시에 분도는 눈을 꼭 감고서 고개만 끄덕였다.

"하나, 둘, 셋!"

퉁!

마침내 대장과 분도가 뛰어내렸다. 두 사람은 한 덩어리가 되어 공중으로 날아올랐다.

"씨이이발!"

대장의 입에서 거친 욕설이 튕겨져 나왔다. 그리고 그것이 그의 마지막이었다.

"아…… 대장!"

미강의 입에서 터져 나온 건 역시나 '대장'이었다. 참모가 죽었을 때와 똑같이. 그래 놓고 보니 더 미안해졌다. 이름 하나 불러주는 게 무슨 대수라고……. 대장의 마지막 소원을 들어주지 못한 것이다. 삽시간에 두 아이들이 떠난 옥상 난간 위는 휑했다. 처음부터 아무것도 없었던 것처럼 비어버렸다. 난간을 스치는 바람 속에도 쓸쓸함만이 헛돌았다.

"대장 오빠! 분도 오빠!"

레몬이 울며 난간으로 뛰어갔다. 그녀는 난간에 대롱대롱 매달리다시피 한 채 아래를 내려다보았다.

"저것들이 우리 오빠들을. 저리 가란 말이야. 이 더러운 좀비 새끼들아!"

그녀는 눈물, 콧물 범벅이 된 얼굴로 주먹을 휘저어대며 외쳤다. 미강도 힘없이 난간 아래를 내려다보았다. 대장과 분도가 떨어져서 바로 숨이 끊어졌는지는 알 길이 없었다. 새까맣게 몰려든 좀비들 때문에 아무것도 보이지 않았다. 대장과 분도는 안타깝게도 각기 다른 곳에 떨어졌다. 좀비들이 모인 꼴은 마치 길거리에 떨어진 사탕 조각에 몰려든 개미 떼들 같았다. 떨어진 사탕 조각은 두 개. 그래서 좀비들도 양분되어 원하는 쪽으로 몰려갔다.

미강은 진심으로 기도했다. 대장과 분도가 심장마비나 떨어진 충격으로 즉사했기를. 그래서 감염자들의 손에 생살이 가리가리 찢어발겨지는 끔찍한 고통만은 느낄 수 없기를. 좀비들이 자신의 심장을 뜯어먹는 그 잔인한 소리를 들을 수 없기를.

"우리 오빠들 만지지 말란 말이야!"

레몬은 작은 몸으로 악을 바락바락 썼다.

"장례식은 끝났어. 그만 보내주자."

룩이 커다란 손으로 미강과 레몬의 어깨를 두드렸다. 그 순간이었다. 꾹 닫혀 있던 미강의 목구멍이 활짝 열렸다.

"우현 오빠, 고마워! 고마워. 진짜 고맙다고…… 흐으윽."

결국 그녀도 울음을 터뜨리고 말았다. 비뚤어질 대로 비뚤어졌던 대장. 한때는 그 비뚤어짐이 얄미웠고, 그의 거침없음에 겁이 더럭 날 때도 있었다. 그럼에도 대장은 미워할 수 없는 사람이었다. 세상에 홀로 남겨진 소년이 살아가기 위해서는 독해질 수밖에 없었으리라. 더구나 그의 비뚤어짐과 과격함 덕분에 레몬과 미강은 여태 살아남아 있다.

대장과 분도는 막 배달한 치킨 조각처럼 부위별로 발려졌다. 좀비들은 대장의 팔과 다리를, 몸통을, 머리를 뜯어서 게걸스럽게 먹어치웠다.

시간이 얼마나 흘렀을까.

울음을 그치고 나서도 한참 동안 미강은 빨갛게 부푼 코를 손으로 만지작거렸다. 그러다가 툭, 내뱉었다.

"보고 싶어."

"뭐가?"

"엄마가. 우리 언니도. 보고 싶어 미칠 것 같아."

"뭘 망설여? 보러 가면 되지."

룩이 배시시 웃는다. 어떤 계산도, 사념도 들어 있지 않는 미소였다.

"그래도 될까?"

"바보, 안 될 게 뭐가 있어?"

"……언제?"

"지금 당장!"

"앗, 둘이서만 가지 마!"

레몬이 손등으로 부어오른 눈두덩을 박박 훔치며 소리쳤다. 홍수처럼 쏟아지던 눈물도 어느새 말라가고 있었다.

*

"여기야?"

출발할 때는 쌩쌩했던 룩과 레몬이 지친 기색으로 물었다. 마하세븐을 타고 장장 세 시간 반이 걸려 도착한 곳은 미강이 살던 아파트 단지였다. 이곳까지 지리적으로는 그리 멀지 않았다. 그렇지만 무리지어 돌아다니는 감염자들을 피해 숨바꼭질을 하느라 진이 다 빠져버린 것이다.

옥탑방에 살고 있던 여섯 명. 그들 중 세 명이 죽고 세 명이 남았다. 남은 이들은 위험한 정면 돌파 대신 보이는 대로 피해 다니는 방법을 택했다. 덕분에 이동시간이 배로 걸렸다.

저도 모르게 초인종을 누르려던 미강. 어수룩한 웃음을 흘리고는 청바지 주머니를 뒤졌다. 열쇠가 손끝에 촤르륵 딸려 나왔다. 열쇠를 만지는 손길이 낯설고도, 낯익었다.

"귀중품은 숨겨둬."

문득 미강은 대장의 말이 떠올랐다. 그때는 귀중품 같은 건 없다며 그를 비웃었었다. 그러나 대장은 틀리지 않았다. 가방 속 작은 주머니 속에 숨겨둔 집 열쇠. 그것이 미강의 귀중품이다. 집이 싫어 나갔지만, 집을 버릴 수는 없었다.

서랍 속에 묵혀둔 연필통이 열리듯, 현관문이 달칵 열렸다. 긴장한 미강은 멈칫하다가 숨을 가다듬었다. 그러곤 신발을 벗지 않은 채로 집으로 들어갔다.

"내가 왜 1층에 전세방을 구한 줄 알아? 술 먹고 갑자기 뛰어내릴까 봐……. 너희는 어려서 엄마가 없으면 안 되잖니."

금방이라도 울적하지만 익숙한 엄마의 음성이 부엌에서 흘러나올 듯했다. 그럴 때마다 그녀의 한탄을 들어줄 사람은 두 살 차이의 자매들뿐이었다.

"엄마?"

미강은 가슴을 두근거리며 부엌으로 향했다. 부엌은 정갈하게 치워져 있었다. 사람의 흔적은 없었다. 싱크대에 설거지할 그릇 하나 남아 있지 않았다.

"지안아?"

미강은 언니와 함께 쓰던 방으로 들어가 보았다. 깔끔하게 정리된 두 개의 책상. 반듯하게 네모로 접혀진 이부자리들. 미강이 한 발을 디딜 때마다 똘똘 뭉친 먼지들이 날아다녔다. 그나마 알 수 있었던 것은, 미강이 가출한 후에 엄마와 언니가 그녀의 더러운 책상을 정리해주었다는 사실뿐이었다.

"언니! 어디 있어, 응?"

지안을 언니라고 부른 적이 없었던 미강이었다. 그렇지만 이번에는 언니라는 호칭이 저절로 튀어나왔다. 룩과 레몬도 지안과 엄마가 남긴 단서들을 찾기 위해 방 두 개가 딸린 18평 아파트를 둘러보았다. 집에는 아무도 없었고, 아무런 흔적도 없었다. 오랫동안 비어 있었을까. 아니, 어쩌면 아침에 엄마가 출근을 하고, 지안이 등교를 한 후, 아무도 집으로 돌아오지 않은, 혹은 못한 상태 같기도 했다.

"집이 깨끗한 걸 보면 어딘가에 살아 계실지도 몰라. 짐을 싸서 대피소에라도 갔는지도 모르지."

룩의 위로도 소용없었다. 다리가 풀린 미강이 바닥에 털썩 주저앉아버렸다.

"이젠 어떡해? 나…… 엄마랑 언니한테 작별 인사도 못 했는데……. 으흐흐흑."

가족을 혐오했던 가출 소녀의 가면은 벗겨졌다. 대신 가족을 잃고 슬퍼하는 여린 소녀의 얼굴이 나타났다.

위이이잉.

시계가 정각 8시를 가리키자 어김없이 사이렌 소리가 시작되었다. 미강은 아파트를 떠나지 못했다. 세 사람은 수돗물을 나누어 마시고, 유통기한이 한참 지나서 버석해진 컵라면을 부셔서 나눠 먹었다. 그 뒤, 캄캄한 어둠 속에서 덩그러니 소파에 앉았다. 1층이라 불빛을 보고 핑크들이 몰려들까 봐 촛불 하나 켤 수 없었다.

"오늘이 크리스마스였네."

미강의 목소리가 미묘하게 높아졌다. 그녀는 하도 울어서 목까지 쉰 상태였다.

"정말 즐거운 크리스마스로군."

룩은 시니컬하게 읊조렸다. 레몬도 별 감흥이 없는 듯 잠자코 있다.

"근데 네 본명은 뭐야?"

별안간 룩이 레몬을 향해 물었다.

"말했잖아, 오빠."

"물어본 적도 없는데 네가 언제 대답을 해?"

"모두들 매일매일 부르고 있잖아. 동네 똥개 이름 부르듯이."

"뭐?"

미강이 화들짝 놀라 레몬을 쳐다보았다.

"그래. 내 이름 레몬 맞아. 신레몬."

레몬은 비밀이랄 것도 없다는 투로 투덜거렸다. 룩과 미강은 웃어야 할지, 울어야 할지 모르고 표정을 구겼다. 당황스러워하는 룩과 미강의 표정을 읽었나보다. 레몬이 수줍게 덧붙였다.

"무슨 이름이 그 따위냐고? 우리 엄마가 그렇게 지어줬다는데 어떡해. 그 사람 나를 베이비박스에 버렸어. 그래 놓곤 보자기에 편지를 넣어뒀대. 자기가 미혼모라 애기 키울 형편이 안 되니까 잠시만 맡아달라고. 꼭 데려가겠다고 하면서 내 체중이랑 혈액형, 그리고 이름도 써놨대. 얼굴은 한 번도 본 적 없지만, 그래서 지금도 미워 죽겠지만……. 그래도 내겐 세상에 하나뿐인 엄마인걸."

레몬이 이렇게 어른스러워 보인 적이 있었던가.

"난 죽기 싫어. 죽으면 안 돼. 혹시 모르잖아. 엄마가 살아서 나를 찾고 있을지도. 만나면 바로 나를 알아볼 거야. 아, 그때는 원장쌤이랑 싸워서 충동적으로 가출한 거라…… 후회하고 있었거든. 그 사이에 엄마가 나 찾아왔으면 어떡하지 하고."

깜깜해진 세상에서 한 줄기 빛이 반짝였다. 악취 나는 하수구 틈에 작은 희망이 꿈틀대고 있었다. 한 번도 엄마의 얼굴을 본 적조차 없는 고아면서도 엄마 찾기를 포기한 적이 없다는 레몬. 그녀를 보고 미강은 갑자기 스스로의 모습이 부끄러워졌다. 그리고 그녀의 가슴에도 작은 희망의 씨앗이 뿌려졌다.

"그래, 레몬 너희 엄마도, 우리 엄마랑 언니도 살아 있을지 몰라. 우리처럼. 그렇지?"

"당연하지."

룩의 목소리는 깊고 따스했다.

"대단한 크리스마스네. 선물은 없지, 케이크도 못 먹고. 뒈지게 춥고. 밖에는 좀비들이 우글거리고."

레몬은 서글프게 중얼거렸다. 난방이 되지 않는 오래된 임대 아파트. 이불을 둘둘 말고 있어도 체감 온도는 바깥과 별다를 것이 없었다. 미강은 무릎에 머리를 파묻으면서 상상했다. 자는 동안에 산타클로스 할아버지가 짠 하고 나타날지도 모른다고 말이다.

— 너희들 참 착하구나. 이렇게 살아남아 있었다니.

굴뚝도, 커다란 양말도 없지만. 그래도 마음씨 좋은 산타가 이런 말을 하며 알아서 선물을 나눠줄지도 모른다는 생각이 들었다. 어느 순간, 산타클로스 할아버지의 볼통한 얼굴이 엄마의 비쩍 마른 얼굴과 겹쳐져 보이기 시작했다.

— 엄마는 괜찮아. 나는 예쁜 딸이 둘이나 있으니까.

엄마는 옅게 웃고 있었다. 가뭄에 콩 나듯 아주 가끔씩만 보이던 미소를 머금고. 그랬다. 돌아봐 달라고 발악하지 않아도 엄마는 늘 미강을 보고 있었다.

'엄마가 그렇게 미웠나? 가출하지 않으면 안 될 이유가 뭐였

었지?'

미강은 잘 기억이 나지 않았다. 당시에는 절박한 심정으로 가출을 감행했었다. 그렇지만 지금은 그 이유조차 시시하게 느껴졌다. 그녀가 집에서 행복을 느낀 시간은 짧았다. 그렇다고 매일 불행하기만 한 것도 아니었다.

그저 표현의 방식이 달랐던 것인지도 모른다. 방법을 몰랐던 것일지도 모른다. 단지 서로에게 뭔가를 해볼 시간과 여유가 없었을 뿐일지도 모른다. 좀비들도 좀비가 되고 싶어서 좀비가 된 것이 아니듯이. 그냥 모두들 조금 비뚤어졌을 뿐이다. 고로, 나쁜 건, 엄마가 아니다. 미강도 아니고 좀비도, 핑크도 나쁜 게 아니었다.

"흠흠······."

레몬이 흥얼거리기 시작했다. 그녀는 모깃소리만한 목소리로 허밍을 하고 있었다. 그녀의 입에서 나온 노래는 〈고요한 밤, 거룩한 밤〉이라는 캐럴이었다. 혼자 캐럴을 흥얼거리는 레몬의 모습에 미강의 입가에도 미소가 아로새겨졌다.

위이이잉.

레몬의 노랫소리 뒤로 사이렌 소리가 묵직하게 깔렸다. 물안개처럼 깔린 사이렌이 크리스마스를 축복해주었다.

위이이잉.

그것은 오래도록 미강의 옆을 떠나지 않았다. 흐릿해진 그녀의 눈과 귀를 두드리면서, 깨어나라, 살아라, 소통하라, 부르짖고 있었다. 귓가에서 멍멍거리는 사이렌 소리에 미강은 살며시 잠이 들고 말았다.

시끄럽고 인공적인 기계음은 점차 부드러운 멜로디로 변해갔다. 굶주리고 지친 아이들의 귓속을, 몸속을 파고들기 시작하는 사이렌. 그 사이렌만이 마치 머리맡에서 불러주는 엄마의 자장가처럼 그들을 포근하게 감싸주었다. 지독하게도 시린 아이들의 밤을 따끈하게 채워주었다.

에필로그

미강이 옥탑방 창문을 벌컥, 열어젖혔다. 눈부신 햇살에 한쪽 눈이 저절로 찌푸려졌다. 차갑게 내려앉은 아침 공기가 미강의 두 뺨을 서늘하게 식혔다.

"후읍, 후읍……."

미강은 쌉싸름한 공기를 들이마셨다가 내뿜기를 반복했다. 해가 바뀌어서일까. 똑같은 아침이건만. 오늘은 뭔가 공기가 달랐다. 아니면, 변화가 찾아오길 바라는 소망이 하도 간절해서 조금은 다르게 느껴지는 것일는지도 모를 일.

새해로 넘어가는 3일 내내 한겨울 답지 않게 연이어 장대비가 내렸다. 그래서 미강은 마른 공기가 가장 반가웠다. 빨래바구니에

넘쳐나는 옷들을 마침내 말릴 수 있다는 생각에 흥이 났다. 사소한 일상에 대한 고민과 그 고민이 해소될 때의 짜릿한 즐거움. 고작 빨래를 할 수 있다는 데, 먹을 물이 남아 있다는 데, 그녀는 더할 나위없는 기쁨을 느꼈다. 옥탑방을 나서는 순간 곳곳에 죽음이 도사리고 있는데도 말이다.

미강이 보내는 하루하루는 모순의 연속이었다. 세상은 여전히 비뚤어져 있다. 비뚤어질 대로 비뚤어져서 도무지 회생의 조짐이 보이지 않는다. 하지만 일부러 고개를 비뚤게 기울이고 쳐다보니, 또 그런대로 괜찮아 보였다.

"다들 일어나 봐, 비가 그쳤어!"

미강은 소리치면서 옥상으로 뛰어나갔다. 물을 모으는 양동이를 확인하는 것도 잊지 않는 그녀. 빗물에서 불순물을 거르기 위해서 양동이 위에 받쳐둔 수건은 밤새 바짝 얼어버렸다.

"그래?"

룩이 한쪽 눈을 살포시 뜨면서 물었다. 그것도 잠시. 그는 이불 안으로 다시 몸을 구기며 잠을 청했다.

"어엇!"

별안간 미강이 비명을 지르며 옆방으로 들어갔다. 다리 사이로 주르륵 뭔가가 흐르는 느낌이 난 것이다.

"뭐야, 왜 그래?"

이불 뭉치 속에서 룩의 목소리가 꾸물꾸물 기어 나왔다.

"아, 아무것도 아냐."

얼버무리며 쏜살같이 화장실로 뛰어가는 미강. 만면에 당혹스러움이 가득했다. 그녀는 쏜살같이 화장실로 뛰어 들어가서 변기에 앉았다. 바지와 속옷을 끌어내려보니. 아니나 다를까, 속옷 중앙에 붉은 핏자국이 흥건히 묻어 있었다.

미강은 당혹스러운 와중에도 의아해졌다. 그녀의 영양 상태가 딱히 좋아진 것도 아니었다. 길거리 도둑고양이 같은 식사로 연명하는 수준이라, 오히려 세 명의 아이들은 나날이 말라가고 있었다.

'머리카락은 언제 또 이렇게 길어졌지? 지저분한데 다듬어야 할까나. 다음에 문어를 만나면 잘라달라고 해볼까?'

미강은 화장지 걸이 옆 거울에 비친 얼굴을 가만히 들여다보았다. 방치해두었던 머리카락이 어깨선을 슬렁슬렁 넘어섰다. 남자아이만큼 짧은 머리 스타일은 뭉그러졌다. 깊어진 눈매와 작은 코, 입체감 있게 도톰해진 입술. 옆에서 보면 소녀의 느낌이 완연했다. 머리카락을 어깨선 너머로 길러본 적이 없었기 때문일까. 미강은 거울 속의 소녀가 다소 생소해 보였다.

'다음번에 사냥을 가면 생리대도 몇 박스 챙겨와야겠어. 레몬에게도 곧 필요하겠지.'

가방에 숨겨둔 생리대를 꺼내면서 미강은 덤덤히 계획을 세웠다. 생리대는 가방 속에서 반 년 이상을 쟁여둔 바람에 말린 쥐포처럼 납작해져 있었다. 미강은 손가락에 힘을 주어 생리대를 정성스럽게 폈다.

비가 개어서인지. 갑자기 생리가 터진 일이 당황스럽긴 해도 싫지 않았다. 도리어 잠시 멈추었던 자연의 흐름이 다시 째깍째깍 흐르는 듯했다. 잃어버렸던 소중한 물건을 비로소 돌려받은 듯, 안정감이 들었다.

화장실에서 나오자마자 미강은 쪼르르 옥상으로 뛰어나갔다. 난간에 힘차게 매달렸다. 새삼 아침에게 인사를 하고 싶어졌기 때문이다. 햇살을 받아 노오란 색으로 버무려진 아침의 세상. 무슨 고민이든 다 받아줄 것처럼 친절해 보였다.

미강은 두 손바닥으로 나팔 모양을 만들었다. 그러곤 입술을 동그랗게 모아 나팔 중앙에 끼워 넣었다. 곧 소녀의 상쾌한 목소리가 손바닥 관을 통과하여 밖으로 울려 퍼지기 시작했다.

"엄마, 하이!"

기나긴 여운이 손바닥 안에서 메아리쳤다. 그녀의 까만 눈동자는 하늘 높이 올라가 뭉게구름에서 멈추었다. 공갈빵처럼 빵빵하게 부풀은 구름들이 먹음직스러웠다.

"언니, 하이!"

비가 갠 후의 하늘은 깨끗했다. 울컥 눈물이 날 만큼 청명하고 상쾌했다.

비록 눈을 아래로 내리까는 순간, 시커멓게 불탄 건물들과 그 파편들 속에서 꿈틀거리면서 기어 나오는 애벌레들, 혹은 부활자들과 조우하긴 하겠지만. 그래도 시간은 부지런하게 흘러갔다. 밤과 낮은 옥탑방의 아이들을 잊지 않고 찾아왔다. 매초마다 그들의 심장이 힘차게 뜀박질하고 있음을 느낄 수 있었다. 아이들은 버리지도, 또 버려지지도 않았다. 그걸로 족하다. 지금 당장은.

"모두 다, 하이!"

'엄마, 안녕. 지안아, 안녕. 세상 사람들, 안녕.'

미강은 속으로 더욱 크게 외쳤다. 심장이 터져나가도록 외치는 것. 그것만이 그녀가 되돌려줄 수 있는 유일한 선물이었다. 이렇게 소리치다 보면 정말 엄마가 들을지도 모를 일이 아닌가 하는, 유쾌한 상상을 하면서. 미강은 계속 인사를 했다.

"안녕!"

미강의 목소리가 점점 커졌다. 구름을 타고 둥실둥실 하늘로 날아올랐다.

"안녕!"

레몬의 가느다란 목소리가 합세했다. 그녀는 졸린 눈두덩을 비비던 손을 들어 미강과 똑같이 손나팔을 만들고 있었다.

"크르륵."

골목을 배회하던 좀비들이 반응했다. 그들은 아침을 깨우는 소녀들의 목소리를 찾아 비틀어진 사지를 이리저리 돌려대었다.

이불 속의 룩도 놀라서 눈을 번쩍 떴다.

'쟤들, 드디어 맛이 가버렸군.'

잠결에도 그는 걱정이 되었다. 그러다가 이내 그의 얼굴에도 싱그러운 미소가 퍼져나갔다. 룩은 기지개를 쭉 펴면서 중얼거렸다.

"나도 그만…… 나가볼까?"

매일매일. 사이렌은 오후 8시 정각에 맞춰 울린다. 문어네 패거리는 무기를 든 채 19구역을 제집처럼 돌아다닌다. 또한 좀비들은 시궁창 냄새를 풀풀 풍기면서 주구장창 아이들을 따라다닌다. 가끔은 핑크빛 눈의 좀비들도 쫓아온다.

이 모든 것이 아이들의 일상. 그들은 이제 폐허의 도시에서 좀비와, 핑크와, 공생하고 있다.

그래도 아직 뜨겁게 호흡하고 있다는 사실! 현재는 그것만이 중요했다. 앞으로 어떻게 살아가야 할지, 깊이 고민할 필요는 없었다. 바로 몇 분 뒤에 저 세상으로 갈지도 모를 일이기에. 물론, 똥줄 빠지게 발악하며 살아갈 각오는 필요했다. 그렇기에 좀비 교과서도 열심히 보고, 새로운 무기도 열심히 찾아다녀야 한다. 대장의 말대로 자살하면 지는 거니까. 지는 건, 죽기보다 더 싫으니까. 어쨌든 살아야 한다. 비뚤어져도 살아야 한다.

미강은 끈질기게 외쳐대었다.

"안녀엉!"

그녀는 금빛 테두리를 두른 태양을 향해 마음껏 웃었다. 말을 걸었다.

지쳐서 엎드려버린 세상에게 먼저 다가가 말을 걸어볼 때였다. 미강의 말에 귀를 쫑긋하며 들어줄 사람들은 넘쳐났다. 어쩌면 남의 말 좀 잘 들으라고 좀비들에게서 인간의 언어를 없애고, 눈도 닫아버린 것인지도 모른다. 곧 죽어도 남의 말 안 듣는 핑크들이 생겨나기 시작한 건 새로운 비극이겠으나.

가출 청소년들과 핑크 좀비들. 은근히 닮은꼴이랄까. 조금 비뚤어진 반항이랄까. 아무튼 오늘 살아 있으니까 인사를 한다. 만약 내일도 살아 있다면, 쌩긋 웃으며 인사를 건넬 것이다.

"눈이 와!"

레몬이 하늘을 보며 방방 뛰었다. 서늘한 느낌에 미강이 손등을 내려다보았다. 하얀 눈송이가 그녀의 손등에 닿았다가 체온에 사르르 녹아내렸다. 눈 알갱이는 금방 사라졌지만, 상쾌함은 가시지 않았다. 정말로 눈이 펑펑 내리기 시작했다.

쌀밥 같아!

미강은 입을 쩍 벌렸다. 죽음 위로 소복소복 쌓이는 눈꽃송이들을 먹기 위하여.

＊

몇 시간 뒤였다.

미강은 옥탑방을 나섰다. 룩과 레몬도 함께였다. 이제는 어디를 가든 셋이서 함께 움직였다.

"봐. 차 지붕 위에도 눈이 수북하게 쌓였어!"

레몬은 연신 감탄사를 터뜨렸다. 좀비 걱정도 잊고서 두 팔을 벌리고 빙글빙글 돌았다. 얇게나마 하얗게 칠을 한 땅바닥이 금세 칙칙하게 벗겨져 나갔다.

"치, 애들은 좋겠군. 내 눈에는 지저분해 보이기만 하는데."

룩은 못마땅한 표정이었다. 땅바닥이 눈에 젖는 바람에 마하 세븐을 몰고 나오지 못한 게 아쉬운 것이다. 그는 어깨에 묻은 눈을 탁탁 털어내었다.

한층 약해진 눈발. 금방이라도 눈이 그칠 기세였다.

미강은 곱아터진 손을 호호 부는 중이었다. 손에 낀 털장갑이 흠뻑 젖어서 찬기가 스며들었다. 문득 가죽장갑을 구해야겠다는 생각이 들었다.

"룩, 심보를 곱게 써. 그래도 시원해져서 썩은 내는 많이 가셨잖아."

"시원하긴. 얼어 죽겠다. 얼른 가자. 문어 자식이 싹 썰어가기 전에."

룩은 눈밭에 매혹된 레몬의 어깨를 두드린 후, 앞서 걸어가기 시작했다.

며칠 전에 그들은 골목을 헤매다가 작은 구멍가게를 발견했다. 그것은 비좁은 골목 안에 위치한 동네 가게였다. 룩과 미강은 가게 안에 딸린 방에서 죽은 노인들의 시체를 끌어내었다. 방구석에는 생필품들이 가득 쌓여 있었다. 마치 구원을 받은 기분에 미강은 기뻐 날뛰었다.

오늘. 그 구멍가게에 남은 물건을 가지러 가기 위해 나온 참이었다.

갑자기, 미강이 룩의 허리를 툭 쳤다.

"잠깐만!"

손에 쥔 눈뭉치를 떨어내다 말고 레몬이 멈춰 섰다. 룩도 즉각 경계태세를 갖추었다. 대로변 편의점 안에 누군가 있었다. 핑크색 코트를 입은 작은 아이 하나가. 잠시 그 아이를 지켜보기만 하다가. 미강의 입이 툭 터졌다.

"……유림이?"

겨우 생각이 났다. 언젠가 편의점을 빠져나오면서 마주쳤던 두 여자와 어린 딸이.

그때 대장은 약속했었다. 엄마가 죽으면 편의점으로 찾아오라고. 19구역은 어린이 우대니까 그 애만은 받아주겠노라고.

룩은 유림을 본 적이 없었고, 레몬은 유림을 기억하지 못했다. 이제 그 약속을 기억하는 사람은 오직 미강이 뿐인 듯했다. 분도도, 참모도, 대장도 다 죽어버렸으니까. 그리고 어쩌면 그 아줌마들도 그 약속을 기억했을 것이다. 그렇지 않다면 유림이 홀로 편의점을 떠돌 이유가 없을 터였다.

"아는 애야?"

룩이 긴장된 표정으로 물었다. 미강은 천천히 고개를 끄덕였다.

"아마도. 일단 가보자. 저 애를 만나야겠어."

"저 애도 핑크가 아닐까?"

의심하면서 레몬이 이마를 찡그렸다. 그녀가 뜻하는 건, 예쁜 분홍색 눈동자를 가진 '핑크'였다. 아이가 입은 핑크색 옷을 말하는 게 아니다.

순간, 미강의 뇌리에 불안감이 스쳐 지나갔다.

4차선 도로를 마주 보고 선 미강과 유림이. 이제 유림이는 막 편의점 입구 쪽으로 나오는 중이었다. 갑자기 유림의 몸이 기우뚱거렸다. 눈에 발이 미끄러진 듯했다. 어쨌든 거리가 멀어서 아이가 어떤 상태인지 확신할 수는 없었다.

이제 남은 선택지는 딱 두 개였다. '핑크' 혹은 '핑크색 옷의 소녀'.

'유림아, 제발 살아 있어줘. 난 너를…… 죽이고 싶지 않아.'

미강은 간절하게 빌었다. 전기톱을 든 손에 힘을 주면서.

뽀득뽀득.

발밑에서 눈 알갱이들이 엉기는 소리가 듣기 좋았다. 그것도 잠시, 곳곳에 어지럽게 찍힌 맨발 자국들이 모처럼 느낀 낭만을 퇴색시켰다. 겨울에 신발을 신지 않고 춤을 추는 건 좀비들뿐이리라. 아직 이 땅에는 사람보다 좀비가 더 많았다.

'머지않아 좀비들은 다 죽고, 사람들이 돌아올 거야.'

그래도 미강은 그렇게 믿고 있다. 본격적인 겨울 한파가 시작되면서, 좀비들의 수가 부쩍 줄어들었기 때문이다. 속단하기는 이르다 해도, 긍정적인 전조로 느껴진다.

미강은 조심조심 4차선 도로를 횡단해나갔다.

편의점 밖에까지 나온 아이는 등을 돌리고서 멍하니 서 있었다. 편의점 간판 위로 쌓인 새하얀 눈뭉치를 하염없이 쳐다보면서.

틀림없는 유림이었다. 말끔했던 핑크색 코트와 캐릭터 운동화가 몹시 더러웠다. 여기저기에 혈흔도 묻어 있었다. 엄마의 보살핌이 사라진 아이의 행색은 초라했다. 가엾을 정도로.

'아아, 너도…… 엄마를 잃었구나.'

붉은 기가 생생하게 도는 핏자국들이 미강의 가슴을 아리게 했다. 유림이 엄마와 헤어진 건 얼마 되지 않은 듯했다.

룩과 레몬이 눈짓을 하며 무기를 치켜들었다. 여차하면 유림의 목을 날릴 기세였다.

미강은 유림의 뒤에 2미터쯤 간격을 두고 섰다.

한차례 호흡을 깊게 내쉰 후, 드디어 그녀의 입술이 열렸다.

"유림아."

갑작스런 인기척에 놀랐을까. 아이가 좁은 어깨를 움찔 떨었다.

미강은 다시금 아이의 이름을 또박또박 불렀다. 그녀를 위로하듯 최대한 다정하게.

"유림아, 혼자니? 엄마는…… 어디 갔니?"

곧이어 빙그르르,

핑크색 코트를 입은 아이가 몸을 돌리기 시작했다.

아, 불안하다! 불안해서 미치고 팔짝 뛰겠다!

어른들은 돈이 떨어져서 가정을 지키지 못할까 불안하고, 아이들은 친구들과 웃고 스마트폰 게임에 몰두한 중에도 문득문득 이렇게 살아서 바르게(?) 클 수 있을까 불안해한다.

시커먼 피부를 흉측하게 늘어뜨린 좀비들이 골목골목을 배회하는 한 치 앞도 예측할 수 없는 디스토피아적인 세계. 조금 과장하면 그것이 현재 아이들의 눈에 비친 매일의 모습일 수도 있다. 가족은 뭔가 애틋하고 성가시면서도 온전한 힘이 되지 않고, 공부할 것은 산더미인데 하기 싫고, 그러면서도 앞날이 걱정되어 죄책감만 늘어나는. 뭐가 원인인지 모르겠지만 세상도 사람들도 조금씩 비틀려져 보이는 게다.

아이들은 그 비뚤어진 세계에서 불사의 좀비가 되든가, 또는 좀비를 물리치는 용감한 주인공이 되기도 한다.

'나 잘 클 수 있을까?'

스며드는 불안함에 이것저것 일탈을 시도해보아도, 불안감은 가시지 않고 오히려 십대 후반으로 갈수록 튀긴 팝콘 알갱이마냥 불안이 증폭되어만 간다.

그래. 그땐 나도 그랬으니까 안다. 전부는 몰라도 손톱만큼은 안다. 그리하여 다 큰 어른인 지금의 나도 별별 걱정에 두 발이 공중에 붕 뜬 것처럼 불안할진대, 폭발적인 성장의 소용돌이에 휩쓸린 아이들이야 오죽하겠는가. 육체도 정신도 8단 변신 로봇처럼 변신을 거듭하는 아이들의 마음이 불안한 건 당연한 이치다. 불안함에 아이들은 실수를 밥 먹듯 하고, 때론 원하지 않지만 남에게 씻을 수 없는 상처를 주거나 스스로에게 칼날을 겨누기도 한다.

그럼, 안개가 자욱한 길에서 어디로 걸어가야 할까? 어떻게 하면 평화롭게 어른이 될 수 있을까? 미안하지만 어른인 나도 그 해답을 알지 못한다. 아무리 머리를 굴려 봐도 정답을 줄 수가 없다. 진짜 미안하다!

그렇다고 해도 절망은 말자. 19금 구역에 스스로를 가둔 대장이 바랐듯이, 영원한 피터팬은 없다.

물론, 마침내 성년이 된다고 한들 감동적인 영화의 엔딩 장면처럼 짙은 안개가 걷히면서 찬란한 등대의 불빛이 짠! 하고 나타날 가능성은 매우 희박하다.

그럼에도 아이들은 반드시 성장한다. 어떤 식으로든 어른이 된다. 그것만은 변하지 않는 대자연의 진리이다. 적어도 시간이 흘러 마음의 키가 커지면 내 두 눈으로 직접 그 짙은 안개를 뚫어볼 수 있는 풍경들이 많아질 것이다. 그때가 되면 자신이 잘 컸는지, 못 컸는지, 각자의 판단도 가능해질 게다. 아무리 못난 짓을 해도 우리는 그 자리에 정지해 있지 않는다는 사실이 희망이라면 희망이다.

그러므로 차라리 마음껏 불안해하라. 갑자기 좀비 세상에 던져 졌다 해도 그 불안함 속을 터벅터벅 힘차게 걸어가 보라. 이빨을 세우며 달려드는 좀비들을 하나씩 물리쳐 보라.

"불안해도 괜찮아. 사실 다들…… 그런걸."

나 역시 매일 불안에 떠는 어른이다. 그래서 그저 그렇게 속삭 이면서 아이들의 등을, 내 어린 두 딸들의 등을 두들겨주고 싶다. 토닥토닥.

나는 아직 이름 없이 웹상에서 떠돌고 있는 유령 작가다. 그런 나에게 따끈한 종이책을 만져볼 기회를 주신 자음과모음 출판사, 그리고 이 막무가내 좀비 청소년 활극을 쓰레기통에 버리지 않고 끝까지 품속에 넣어주신 심사위원 분들에게도 무한한 애정과 감사를 드린다. 그리고 마지막으로 항상 불굴의 힘이 되어주는 나의 가족들에게 사랑을 바친다.

2014년의 가을을 기다리면서
진저

아프고 지친 청소년들의 이야기를
그냥 들어주는 미덕

유명한 중년의 여배우가 아파트에서 뛰어내렸다. 자살로 생을 마감하려고 했던 그 여배우는 좀비로 환생하고, 그다음 인간들의 도시는 삽시간에 좀비에게 점령당하고 무자비한 살육과 파괴가 이루어진다.

좀비는 하늘에서 뚝 떨어진 존재가 아니다. 무한경쟁의 삶 속에서 낙오된 인간들, 아무런 희망이 없는 인간들, 결국 자살을 택할 수밖에 없는 절망의 끝에 선 사람들이 만들어낸 괴물인 셈이다. 결국 그 괴물은, 누군가를 짓밟아야만 살아갈 수 있는 우리들의 자화상인지도 모른다. 결국 그 괴물은, 수많은 친구들을 누르고 오직 1등이라는 깃발을 꽂아야만 살 수 있는 우리 청소년들의 자화상인지도 모른다. 살아남기 위해서는 보다 강해져야 하고, 더욱 강해져야 하고, 더더욱 강해져야만 한다. 그 끝없는 질주 속에 나타난 괴물은 인간들 세상을 깡그리 파괴하면서 더 강해지고, 또 강해지기만 한다. 그러니 옥탑방에서 간신히 살아남은 아이들은 아무런 희망이 없다. 그들에게는 인간이 자랑하는 최첨단 무기도 없으며, 머지않아 화성을 간다고 운운하던 강대국들의 도움도 없다. 그야말로 아무것도 없다. 오직 스스로 살아남거나 좀비에 물려서 죽는 것, 둘 중 하나밖에 없다. 그런 상황에서도 아이들은 삶을 포기하지 않는다. 희망은 없지만 살아 있는 존재이기 때문에 필사적으로 버티면서, 거의 배터리가 닳아져가는 시계처럼 움직이고 살아간다.

그렇다고 소설의 결말에서 어떤 자그마한 희망을 암시하는 것도 아니다. 그것이 오늘, 우리 주위에서 살아가는 청소년들의 모습이다. 자살률 세계 1위라는 오명에서 알 수 있듯이, 언제부턴지 우리 아이들에게는 '성장'이 없어졌다고 한다. 하루하루 목숨을 유지하면서 버티기에도 힘든 삶이다. 그런 청소년들의 삶을 이 소설은 교묘하게 풍자하고 있다.

흔히들 독자들은 청소년소설에서 '힘들어도 그 과정을 이겨내서 한 단계 성장하는 아이의 모습'을 기대한다. 지금 한국 작가들이 생산해내고 있는 청소년 대상의 문학작품이란 거의 다 그런 부류라고 할 수 있다. 당연히 그래야만 평가받고, 또한 그런 글을 원

한다. 그래서 청소년 대상의 글을 쓰는 작가들을 '청소년 멘토'라
고도 한다. 현실에서는 희망이 없기 때문에 문학작품 속에서만이
라도 희망을 그려서 아프고 지친 청소년들을 위로해주어야 한다
고 말한다. 그래서 작가들은 의도적으로 혹은 지나치게 작위적일
만큼 희망을 노래해온 것이 사실이다.

하지만 작가 정선영은 마치 벙어리처럼 그 어떤 희망도 말하지
않는다. 그리고 지금도 사회의 어두운 곳에서 아프다고 부르짖고
있는 청소년들의 목소리를 그냥 들어줄 뿐이다. 어떻게 해야 한다
고 말하지 않고, 온몸으로 그냥 들어줄 뿐이다. 그것은 살아가는, 아
니 살아갈 수밖에 없는 우리 청소년들의 생명력을 믿기 때문이다.

자, 이제 작가 정선영이 펼쳐내는 어마어마한 이야기를 한번 들
어보자.

이상권(소설가)

어른들이 없는 세상의 리얼리즘

청소년문학은 청소년이 주인공이고 청소년이 독자이지만, 작품 속 청소년은 교육과 계몽의 객체로 대상화되기 일쑤다. 그런데 이 책 『좀 비뚤어지다』는 청소년문학의 고질적인 강박에서 이례적으로 벗어나 있는 작품이다. 치유를 위한 상처, 화해를 위한 갈등, 사랑을 위한 증오 같은 인위적 장치들은 이 작품에서 쉽게 찾아보기 어렵다.

대신 여기에는 '어른 없는 세계'가 있다. 이것은 단순히 어른이 아이의 세계에 개입하지 않는다는 의미가 아니다. 먼발치서 지켜보고 있던 어른들이 마지막에 등장해 데우스 엑스 마키나(deus ex machina)처럼 사태를 수습하는 일도 없다. 『좀 비뚤어지다』의 세계는 어른이 아예 공백 처리된 시공간이다. 여기서 움직이는 어른이 있다면 모두 좀비다. 좀비가 아닌 어른들은 아이들의 기억 속에만 존재한다.

어떤 형이상학과 세속적 양식들마저 사라진 파국의 상황에서 아이들은 생존을 위해 결사적으로 뛰고 싸운다. 정선영 작가는 아이들의 가쁜 숨을 형상화하듯 문장을 잘게 쪼갰다. 글의 속도감은 파죽지세, 쾌락적일 정도다. 그리하여 이 작품은 오늘날 대중에게 가장 익숙한 영상매체의 언어에 훌쩍 가까워졌다.

한편 2014년 4월 16일 이후, 『좀 비뚤어지다』는 예기치 않은 리얼리즘이 되고 말았다. 좀비들이 아이들을 죽이고 뜯어 먹는 세계는, 곧 세월호 참사로 드러난 한국 사회의 본질에 대한 적나라한 은유로 다가올 수밖에 없기 때문이다.

박권일(문화평론가)

좀 비뚤어지다

ⓒ 진저, 2014

초판 1쇄 발행일 | 2014년 9월 30일
초판 4쇄 발행일 | 2021년 4월 26일

지은이 | 진저
펴낸이 | 정은영

펴낸곳 | (주)자음과모음
출판등록 | 2001년 11월 28일 제2001-000259호
주　소 | 04047 서울시 마포구 양화로6길 49
전　화 | 편집부 (02)324-2347, 경영지원부 (02)325-6047
팩　스 | 편집부 (02)324-2348, 경영지원부 (02)2648-1311
E-mail | jamoteen@jamobook.com

ISBN 978-89-544-3107-1(43810)

이 도서의 국립중앙도서관 출판시도서목록(CIP)은 서지정보유통지원시스템 홈페이지
(http://seoji.nl.go.kr)와 국가자료공동목록시스템(http://www.nl.go.kr/kolisnet)에서
이용하실 수 있습니다.(CIP제어번호: CIP2014026271)